ポロを案じる闇の聖剣
夜空
黄金の手を持つ当代八宝斎
ヴィル・クラフト
生まれたばかりの光の聖剣
ルクス
迷える新米勇者
ポロ
ディ・ロウリィの白き竜
ロウリィ

獣人国
ネログーマ
水の聖剣を持つ勇者
ペルシャ=フォン=
ネログーマ
火の聖剣を持つ勇者
ヨウ・スナイプ・
ファイアロー
南国
フォティヤトゥヤァ

「だーれだっ♡」
謎の少女
ウィニー
呪物職人
七《しち》福《ふく》塵《じん》

追放された鍛冶師はチートスキルで伝説を作りまくる2

~婚約者に店を追い出されたけど、気ままにモノ作っていられる今の方が幸せです~

ibarakino
茨木野

ill
kodamazon

CONTENTS

プロローグ　新米勇者は、懊悩《おうのう》する

ヴィル・クラフトの従者、獣人のポロは目を覚ます。

『おお、ポロ。目が覚めたかの？』

どこからか、女の声がする。

壁に一本の、美しい剣が飾ってあった。

「夜空様……ごめんなさい、起こしてしまい」

夜空。それがこの美しい剣の名前。

通常、剣がしゃべるなどありえないこと。しかしこの夜空は特別だ。

自我と、強大な力を持つ剣……闇の聖剣・夜空。

ヴィル・クラフトが作った、聖なる剣の一本だ。

ぱぁ……！　と夜空が光り輝く。

するとそこには、美しい着物姿の女性が現れた。

聖剣に宿った意思、剣精。夜空のもう一つの姿である。

「だいぶうなされておったぞ？　大丈夫か？」

「はい……夢を見ておりました」

「夢？」

ベッドに横たわるポロのとなりに、夜空が座る。

「昔の夢です。まだ……両親が生きていた頃の……」

「ふむ……おぬしは、たしか親がおらんのだったな？」

「はい……」

父は死んで、母は瀕死の重傷を負ったまま、放置された。

……そして一人だけ、奴隷として売り飛ばされる羽目となった。

……あの、にっくき人間のせいで。

ぎゅっ……と歯がみする。その目には、ほの暗い闇が広がっている。

夜空は使い手たるポロの目の奥で輝く、どす黒い感情の炎を感じ取る。

夜空はポロの頭を軽くチョップする。

「仮にも聖剣の勇者たるものが、そんな顔をするな」

でも、とポロはつぶやく。

「私は……夜空様を使いこなせておりません。ヴィル様が、誰もが使える聖剣として作ったはずなのに……」

夜空がため息をつきながら、ポロの頭をなでる。

「王都であの馬鹿弟が起こした騒動から、半月……。おぬしは、ずっと悩んでおるよな」

セッチンの騒動から半月後。

ヴィル一行は、帝国にいた。ヴィルは皇帝陛下から領地を与えられている。

ディ・ロウリィ。それがヴィルの領地。

ヴィルは新しく手に入れたスキル【天目一箇神《アメノマヒトツノカミ》】を使いこなすべく、ディ・ロウリィの領地にある工房に引きこもっている。

「主《あるじ》が引きこもり半月……。そろそろ工房から出てくる頃合いじゃ。そうなれば、また旅に出る」

「はい。それまでに、夜空様を使いこなせるようになると、己に課したのですが……」

ポロがベッドから出る。ここはディ・ロウリィ、山の中にある館。

館から出たあと、ポロが手を前に差し出す。

夜空がうなずくと剣の姿となり、彼女の右手に収まる。

「すぅ……ふぅ……」

朝靄が立ち上る森の中で一人、ポロはたたずむ。

「やぁ……！！！」

裂帛《れっぱく》の気合いとともに剣を振る。彼女の目の前に、黒い三日月が出現する。

朝靄、そして周囲の木々を吸い込んでいき……そして三日月が閉じる。

「駄目です……」

『いやいや！　何してるんすかあんたぁ！』

バサッ……！　と翼を広げて、ポロの目の前に一匹の竜が現れる。

「ロウリィ様。おはようございます」

大きなこの白竜、名前をロウリィという。

このディ・ロウリィの土地に住む魔神であり、ヴィルの仲間の一人だ。

『なんすか今の黒い三日月！』

「闇の聖剣、夜空様の奥義ですわ」

闇。あらゆる物を飲み込む、最強の力。

今の黒い三日月は、闇の聖剣が作った異空間。

その効果は、闇の中へ万物を吸い込むという恐ろしいもの……。しかし……。

「全然駄目です……」

『どこがっすか！　今のでもう十分、すげーじゃないですか！』

「駄目です。ヴィル様は……黒い満月を作って見せました」

ポロは述懐する。夜空を手にしたヴィルが、巨大な黒い満月を作り……。

そして、山一つ飲み込んだ姿を。

『確かに……まだおぬしは、我の一〇％程度の力しか引き出せておらん』

『いや一〇パーでも十分じゃないっすか……』

周囲一帯が更地になっているほどだ。

黒い三日月は相当な威力と言えた。

「駄目です。私は……勇者なのですから……もっと強くならないと……」

強くなりたい。ポロはヴィルに助けてもらって、旅に同行するようになってから、そういう意識が芽生えていた。強くなる。そして……。

「あの憎い……あいつを……！」

と、そこへ……。

「ふぁああ……おはよ～」

「ヴィル様！」

屋敷から、一人の青年が眠そうにしながら現れる。彼はヴィル・クラフト。

黄金の手を持つ、世界最高の職人。ポロの……今のご主人様だ。

「よっす。久しぶり」

『ヴィルさん、ずぅっと工房に引きこもってたっすね』

「ああ。ようやく、天目一箇神《アメノマヒトツノカミ》の使い方のコツがわかってきた。そろそろ、旅に出発しようと思ってよ」

……間に合わなかった。ポロは悔しそうに歯がみする。ヴィルが旅を再開するまでには、この闇の聖剣・夜空の力を一〇〇％引き出せるようになりたかったのに……。

「どうした？」

……仕方ない。旅の途中で鍛えていくしかない。でも……。

はたして、他の六人いる勇者のように、自分も強くなれるだろうか。

ポロの胸中には、黒いモヤがかかっているのだった。

第一話　伝説の鍛冶師は、新しい旅に出る

俺の名前はヴィル・クラフト。王都で職人をしていた。

職人としての屋号は、八宝斎《はっぽうさい》。武器から魔道具まで何でも作る鍛冶師だ。

ある日、俺は婚約者と店を弟に奪われて、王都を追放された。

その後、いろんな物を作りながら、獣人のポロや他国の勇者たちと交流を重ねる。

その過程で、呪いのアイテムを配っては、人を不幸にしている存在、七福塵《しちふくじん》や呪いのアイテムが擬人化した存在、付喪神《つくもがみ》と衝突する。

この間に、弟が呪いのアイテムのせいで暴走、付喪神《つくもがみ》化した。

しかし俺は仲間と協力し、弟を元に戻すことに成功。

王都を救った功績を使って弟を救った俺は、再び、旅に出るのだった……。

★

セッチンの暴走から半月後。帝国の領地、ディ・ロウリィ。

アルテミス皇帝陛下より賜《たまわ》った領地だ。俺はなぜかここを治めることになっているのである。

「ヴィルさん、また旅に行っちゃうんすか？」

白髪の少女が、俺の前に立っている。

彼女はロウリィちゃん。いにしえの時代から生きてる、すごい竜の魔神だ。

ここディ・ロウリィの守護者的存在だったのだが、呪いのアイテムのせいで暴走していた。

それを治してから、こうして仲間になった次第。

「ああ。悪いな、領地のこと、全部君に任せちゃってよ」

いちおう、俺は領主である。だが領地を治めるほどの器でもないし、やり方もわからん。

そこでロウリィちゃんが、領主の仕事を、担当してくれることになったのだ。

「いえいえ。問題ねーっす。昔、領主の付き人やってたことがあるんで、領地経営はお任せありっす」

「領主の付き人……ねえ」

魔神なのに？　人の下につくものなのだろうか。

いや、人には歴史がある。色々あったのだろう、この少女にも。

「そっか。じゃあ任せるよ」

「うぃっす。ヴィルさん、これからどこ行くつもりなんす？」

「さぁてなぁ……」

「ノープランすか……」

「おうよ。目的のある旅っつーより、旅してそこで得た経験が、重要だからな」

ジッ……とロウリィちゃんが俺の右手を見やる。

俺の手の甲には、太陽の紋章が刻まれている。

「てか、ヴィルさんってもう目的達成したんじゃないんすか？　神器《じんぎ》を、こないだゼロから作りましたよね？」

神器《じんぎ》。文字通り、神のごとき力を発揮する、凄まじいアイテム。

俺たち八宝斎《はっぽうさい》の職人は、神器《じんぎ》を作り、そして天に奉納することを使命としている。

俺の祖父、ガンコジーさんも、一生をかけて神器《じんぎ》を作り死んだ。

彼と同じく、俺も神器《じんぎ》を作りたいのだ。

「ロウリィちゃんの言うとおり、俺は半月前に【ルクス】を作ったけど……さ。まだルクスは未熟……未完成だからな」

「ほぇ……ルクス？　なんすかそれ？」

それとは失礼な。

「光の聖剣のことだよ」

「な、名前あるんすか……？」

「おうよ。ルクスは生きて、しかも自我があるしよ。まあまだ今は赤ん坊だがな」

光の聖剣ルクスは現在、ポロの腰についている。

「ポロちゃんが装備するんすか？」

「ああ。どうにもポロのもふもふを気に入ったようでな」

ということで、ポロは光と闇の聖剣、二刀流ってわけだ。

「でもまだ赤ちゃんでさ、夜空みたいにしゃべることはできないし、鞘から抜いて使うこともできない」

「どうやったら大きくなるんすか？」

「さぁてな……」

俺も聖剣のこと、そこまで熟知してるわけじゃないし。

そもそも聖剣を作った人間は俺が初だっていうし。

「まあ、そのあたりの方法を模索するのも、この旅の目的ってこと」

「なるほど……光の聖剣を育てつつ、新しい神器《じんぎ》のインスピレーションを得る旅なんすね」

そういうことだ。俺はまだまだ作りたいものがある。

新しく手に入れた、天目一箇神《アメノマヒトツノカミ》の力。俺の作った物を全部、神器《じんぎ》にするっていうすげえ力だ。

この力で、どんな物が作れるのか。俺はわくわくしてたまらない。

「職人馬鹿っすねぇ……」

「まあな」

「自分で認めるんすか……」

ということで、俺はロウリィちゃんに領地を任せ、物作りの旅に出ることにしたのだ。

★

からから……と車輪の回る荷台を引っ張るのは、馬みたいな形の魔導人形《ゴーレム》である。

「ヴィル様。荷台を引っ張っているのは、生きてる馬……ではないですよね？」

俺とポロは荷台の中に入って、着席している。

「おうよ。あれは魔導人形《ゴーレム》。魔道具の一つさ。命令すれば自動で動く人形」

「なるほど。しかし魔導人形《ゴーレム》といえば人型であることが一般的ではないでしょうか？」

確かに錬金術師などが作る魔導人形《ゴーレム》は、大抵が人間の形をしてる。

「別によくね？　人間型以外の魔導人形《ゴーレム》があっても」

人以外の形をしていたほうが、使える場合もある。

この魔法馬車（俺が名付けた）だってそうだ。

馬での移動は、休憩が必要となる。しかし魔導人形《ゴーレム》の馬は疲れ知らずだ。

「なるほど……常人では思いつかない自由な発想をお持ちなのですね。さすがヴィル様です！」

魔法馬車は草原から、森へと入っていった。

そのときである。ぴくんっ、とポロが耳を動かした。

ポロは一瞬だけ躊躇《ためら》ったあと、俺に報告する。

「この先で人が襲われております。おそらくは、盗賊かと」

なるほど、このあたりをねぐらにしている盗賊か。

「よしポロ、助けるぞ」

しかし、ポロは俺をじっと見て言う。

「……なぜ、ですか？」

いつもなら何でもハイハイ言うような子が、珍しく質問してきた。

「別にヴィル様には、この先にいる人たちを助ける義理は、ないですよね？」

どこか俺を試す……というか、俺に答えを求めるような言い方だ。

うーん、今急ぎなんだけどなぁ。

「困っている人がいたら助ける。それが俺の、ポリシーだからだ。人として、職人としてのな」

俺には二人の師匠がいる。祖父であり、先代の八宝斎《はっぽうさい》、ガンコジーさん。

彼には技術的なものを教えてもらった。もう一人の師は、親父。

親父からは技術ではなく、精神面で大きな影響を受けた。

曰く、武器（道具）は人を助ける。

ならば武器を作る職人もまた、人助けの精神を忘れてはいけない。

「………そうですか」

ポロはちょっと納得いってないようだ。

ふーむ……まあ、人助けに対するスタンスは人それぞれだもんな。

「っと、おしゃべりが過ぎたな」

今から行って間に合うかは不明。

ならば……アレの出番だ。

俺は荷台の扉を開けて、ひょいっと天板の上に乗っかる。

「[redacted]《ボックス》、オープン」

目の前に小さな[redacted]《ボックス》型の箱が出現する。

これは[redacted]《ボックス》。俺の持つ右手、黄金の手に付随する能力の一つだ。

この箱の中は異空間になっており、作ったものを何でも収納できる。

俺は[redacted]《ボックス》の中から、半月の引きこもり期間に作ったアイテムを取り出す。

「それは……銃、ですか？」

同じく外に出てきたポロが俺に尋ねる。正直君は足が速いんだから、直接行って助けてって思うんだが、まあいいや。こっちのが早い。

「ああ。帝国の天才職人が開発した、遠くにいる敵を倒す遠距離武器だ」

引き金を引くことで、装填されてる鉄の弾丸の尻に爆発の魔法が展開され、弾丸が飛び出す仕組みになっている。

これを使えばどんなか弱い人間でも、敵を倒す武力を得るという、とても画期的なアイテムである。まあ殺人の道具って面もある（護衛手段であるとしても）ので、俺の作りたい武器じゃあないんだが。

「マリク式拳銃を、改造して作った新型銃。その名も、【因果逆転銃】だ」

「いんが……ぎゃくてん？」

俺は麻酔弾（相手の神経に作用し、動けなくする魔法を付与した弾丸）を銃に装填して、遠距離からぶっ放す。

ドドゥッ……！

銃弾はまっすぐ飛んでいき……。ポロが耳をぴくんっ、と動かす。

「め、命中したようです」

「おっけ。じゃあ残りも撃っちゃうか」

どどうっ、どどぅっ！　銃弾はまっすぐ飛んでいく。

「お。おかしいです。だって……こんな森の中で、銃弾が離れた敵に当たるなんて、おかしいですよ！」

確かに道中に無数の木々がある中、直線で飛翔する銃弾が、対象に当たるわけがない。

「が、この因果逆転銃があれば問題ないんだな」

俺は馬車の中に戻って説明する。

「この銃弾は、原因と結果が入れ替わる。銃弾を撃ったから、的に当たるんじゃない。的に当たるから銃弾を撃った、ことになる」

「む、難しくて何を言ってるのかさっぱりですが……」

「要は、この銃を持った時点で、銃弾が当たることが確定するんだよ。どんなに離れてようと、銃弾途中にどんだけ遮蔽物があろうと……っと着いたようだな」

　開けた場所に、横転した馬車があった。その周りで、盗賊たちが昏倒している。

「うん、問題なく銃弾が当たったようだな」

「必ず命中する銃だなんて……そんな夢みたいなアイテムを作ってしまう、さすがヴィル様です」

「まあまだまだ、改良の余地ありなんだけどね」

「いえもう！　この時点で十分すごいですから！」

「いやいや、やるんだったらもっともっとすごいもん作りたいじゃん？」

　他人がどう評価するかなんてのは、二の次。

　俺がいいって思った物、よりよいものと俺が思える物を作りたい。

　それだけなんだ。

「さてっと。中にいる人、無事だろうか」

　横転した馬車の扉を開けて、中を見る。

「大丈夫かい？」

「う……うう……」

　頭から血を流してる、その人は……。

「獣人……？」

　猫の獣人が、鎧を着ている。怪我してる彼女の頭に、ハンマーを軽くこつんとつつく。

　すると、彼女の怪我が治るどころか、横たわって壊れていた馬車も元通りになった。

　俺の持つ、物作りに関する五つのスキル。

彼女らに使ったのは、全修復。どんな破損箇所（怪我・病気含む）でも直してしまうスキル。

「大丈夫かい？」

「あ、あなたは！　ヴィル・クラフト様！　聖剣の鍛冶師様ですね⁉」

聖剣の鍛冶師……？　そんなの初めて呼ばれたぞ。

「確かに俺はヴィルだけど……あんたは？」

するとと猫獣人が俺の手をつかんで言う。

「わたしは獣人国ネログーマから来た使者です。ヴィル様、どうか我が国の窮地を、救ってはいただけないでしょうか！」

★

「って、あんたどっかで見たような……」

俺に嘆願してきたのは、身なりの整った、猫の獣人だ。ドレスを着ている。

「わたくしは、獣人国ネログーマ女王が第三王女、ラグドールですわ」

そうだった。女王のお子さんだ。

『む？　創造主はその猫と知り合いか？』

「ああ。獣人国の聖剣の使い手が、女王様なんだよ。たしか……ペルシャ様だったかな」

ペルシャ＝フォン＝ネログーマ。獣人国ネログーマを治める女王だ。

「水の聖剣アクア・テールの持ち主でさ。メンテのときに何度か会っているんだよ」

ラグドールは確か国外留学に行ってるとかで、あんまり会う機会はなかったんだけどな。

晩さん会で一回会ったことがあるくらいか。

「で、どうしたのラグドール様？」

「実は……母が、国が、大変なことになっているのです……！　聖剣に不具合が生じて、その影響で周りに不幸が訪れてしまっているのです！」

なんと不具合だと。俺がメンテしたときには、アクア・テールに不具合はなかったんだが……。

待てよ。まさかと思うが、七福塵《しちふくじん》のやつの仕業じゃなかろうな？

いや、聖剣なんていう、人間じゃ取り扱えない武器に異常を発生させるなんて。

人間業じゃない。

「聖剣の鍛冶師であるあなた様に、助けていただけないかと思って……」

ディ・ロウリィにやってきたってわけか。状況は理解した。

「OK。行こうぜ」

「え⁉　ご、ご主人様……？」

「どうしたの？」

「え、なんでそんなあっさり決めちゃうんです……？」

「え、ああ。悪い。おまえと話し合わなかったな」

「いや、別に……私はヴィル様について行くだけなので……」

？　じゃあなんで口挟んできたんだろうか。

「ご主人様が、助けに行く義理がどこにあるのかなと……」

「あー。動機ね。聖剣が壊れてる。だから直す。あと国の人たちを助けたい。そんだけ」

説明終わり。だがポロは、どうにも納得がいってない様子で、不満げに唇を尖らせている。

うーん、どうにも俺の動機じゃ不十分って思ってるのかな？

「ポロ。俺は別に正義の味方じゃない。聖剣……物が壊れてたら修理したい。そして物のせいで不幸になってる人はほっとけない。これは、職人としてのポリシーがそうさせてるんだ。理解できないとは思うが、まあ、そういうもんだと思って納得してくれ」

職人魂は普通の人じゃ理解できんもんだしな。

自己犠牲的な振る舞いみたいに見えてもしょうがない。

ポロは俺を見て、小さくうなずいた。

「わかりました……」

「俺のこと心配してくれたんだろ？　あんがとな。俺は大丈夫だからよ」

くしゃくしゃ、と俺はポロの頭をなでる。

「じゃ、ラグドール様。ネログーマにさっさと行こうぜ」

「ありがとうございますわ！　なんとお優しい！」

「いやいや、気にしないで」

俺は別に優しさから行くわけじゃないからな。あくまでも、職人《おれ》が行きたいだけだしな。

「善は急げですわ。さっそくネログーマに」

「つってもこっから結構離れてるよな」

「はい。馬車でも三日はかかるかと」

「それじゃあ遅すぎだろ」

聖剣関連の不具合だったら、周りに結構被害が出てるだろうし。

なんだったら、今も進行中ってこともありえる。

俺は周囲を見渡して、石ころを拾い上げる。

「超錬成」

こつん、と神鎚《しんつい》ミョルニルで石を叩く。すると、ただの石が、輝く結晶へと変貌を遂げた。

「！　そ、それは転移結晶!?　超レアアイテムですわ！　い、いったいどこから……？」

「石ころを錬成しただけだぞ？」

「え、ええええ!?　ただの石がレアアイテムにぃいい!?」

俺の持つ五つの生産スキル。そのうちの一つ、超錬成。物質を作り替えるスキルだ。

ネログーマに行ったことあるから、転移結晶があれば一発で転移できると思って作ったのだ。

「あ、そうだ。転移結晶じゃ一人しか転移できないじゃん。なら……」

もう一回コツン、と。

「はい大転移結晶」

「えええええええええええええ!?」

「どうした？」

「どうしたではありませんわ！　え、ＳＳランクの超超レアアイテムですわよ!?」

そんな驚くほどだろうか。一人しか転移できない転移結晶を、複数人を連れてテレポートできる、大転移結晶に変えただけなんだが。

「さ、行きましょうかね」

「え、え、あ、はい……」

ラグドール様と護衛の人たち、そして馬車。まとめて大転移。

一瞬の酩酊感が襲ったあと、俺たちはネログーマへと転移する……はずだったが……。

「なんだあこりゃ……」

そこは、密林といって差し支えない場所が広がっていた。

ネログーマは確かに、水と緑が豊かな国だった。

しかしこんな、密林レベルで木々が生い茂ってることはなかった。

「なるほど……聖剣の暴走による影響ってことか」

「え、ええ……そうですわ……。お母様の剣、アクア・テールが暴走し……国中の植物が異常発達したのです」

なるほどなぁ……これはいち早く、なんとかしないとな。

「よし、じゃあペルシャ女王様のとこを目指すか」

★

「ヴィル様。ここが、獣人国ネログーマなのですか？」

「ん？　おお。そう……だと思うけど」

前来たときより、明らかに緑が増えている。

ここまでじゃなかったような……。

「そもそも獣人国ってどんなところなのでしょう？」

すると王女ラグドールが、ポロに説明する。

「人間国に隣接する国の一つですわ。ゲータ・ニィガから見たら東ですね」

[redacted]《ボックス》のなかから周辺地図を取り出す。

俺が拠点としたゲータ・ニィガは、それぞれ獣人国、帝国と隣接している。

「獣人国は緑と水に恵まれた、素晴らしい国ですわ。それゆえ争いごとはほとんど起こらず、獣人たちは穏やかに暮らしている……そんな国、でしたわ」

過去形……か。まあしょうがない。このジャングルっぷりを見ちゃな。

「前に来たときは、こんな植物が異常発生していなかった。ラグドール、たしか水の聖剣が異常をきたしたんだったな？」

話をまとめるとこんな感じだ。半月ほど前、獣人国の王都に、七福塵《しちふくじん》と名乗る魔道具師が訪れた。聖剣のメンテを請け負うと言ってきたらしい。

まさか七福塵《しちふくじん》の魔の手が、こんな平和な国まで及んでいたとは。

ちくしょう、あの野郎！　人を不幸にする道具を作るなんて、どうかしてる。

物は人の生活を楽にして、人を幸せにするものだろうが。

「悪い、続けてくれ」

「七福塵《しちふくじん》はお母様の持つ、水の聖剣アクア・テールに手を加えました。すると聖剣が暴走。周囲にあるものを、異常成長させてしまったのです」

「なるほど……このジャングルは、水の聖剣の力か」

「あの……水をただ操作するだけの聖剣に、こんな植物を大きくする力があるんですか？」

ポロが少し考えて言う。

アクア・テールは水を操る聖剣だ。

使い方は大気中の水分を操り、水を発生させるとか。

「アクア・テールは生物の水分にも干渉できるんだ」

「生物の水分……血とかですか？」

「そう。体の血の流れをよくして、代謝促進からの傷の治療みたいなことができるんだよ」

その技術を応用（というか暴走）させれば、なるほど、確かに可能かも知れない。

植物の成長を促進しまくって、こういうふうにするのは。

「さすが天才職人、理解が早くて助かりますわ」

まあ人に説明しても、これは信じてもらえないだろうからな。

アクア・テールのメンテをしたことのある俺だからこそ、あっさり状況を飲み込めたと言える。

「国中こんな感じか？」

「はい……。今は被害が国内でとどまっているからまだいいものの、放置すれば……」

国外へと、この植物たちは根を伸ばしていくだろう。

そうなると、生態系が崩れてしまうのは必定。

「植物たちの異常増殖のせいで、作物が育たず、国内は突然変異した食虫植物たちによって、大変な被害を受けています。木々が建物を潰し、大地に穴を開け……国は壊滅状態です」

たった半月でこの惨状だ。時間との勝負だろうって予想は、当たっていたようだな。

「原因はハッキリしてるな。アクア・テール」

「はい。もう壊すか直すかの二択で……。しかし、アクア・テールは国宝。壊すわけにはいかないですし、だいいち暴走した聖剣に我々では太刀打ちできず……」

聖剣だけが暴走してる訳ではなさそうだ。

おそらく使い手である、水の勇者ペルシャも……。

「お願いです、ヴィル様！　国を、国民を……そして、母を……どうか……」

「おうよ。任せときな」

ここへ転移してきた時点で、俺の腹は決まっているのだ。

人を幸せにする物を、悪用するクズがこの世には必ずいる。七福塵《しちふくじん》が最たる例だ。

あの野郎のせいで人が困ってるっていうんだったら、助けるに決まっている。

人も、物も、俺が救ってみせる。

「これからの方針としては、ここ、獣人国の王都【エヴァシマ】でアクア・テールを修復する感じだな。でも、ここって……」

「【ミナカミ】ですわ」

エヴァシマの北西にある街だったな。って、あれ？

「おかしいな。エヴァシマに行くつもりで転移結晶を使ってみたんだが……」

ミナカミへ飛ばされてしまった。

座標が狂わされてるのかな。

「ってことは、転移結晶は使わんほうがいいな」

どこへ飛ばされるのかわかったもんじゃないし。徒歩でエヴァシマを目指す。

「よし、方針が固まった。じゃ、出発だ」

「しかしヴィル様。この密林を徒歩でとなると、そうとう、難儀するのではないでしょうか？」

ぶっとい木々が生い茂るどころか、蔦や、食虫植物らしきものが行く手を邪魔している。

「ポロ。夜空の力で、この辺の邪魔な木々を飲み込むことってできるか？」

『すまぬ、主よ。ポロはまだ、力を完璧にコントロールできぬのじゃ』

あれま。おかしいな。夜空は誰でも使えるってコンセプトで作った聖剣なんだが……。

「ＯＫ。じゃあ俺の作る魔道具で、サクサクっと伐採してくよ。■《ボックス》、オープン」
■《ボックス》から素材を取り出し、コツンとハンマーで叩く。
「超錬成！」

この密林をなぎ払うイメージを、形にした魔道具……。

「名付けて、【丸鋸《まるのこ》マン】！」

俺の目の前には、でかい魔導人形《ゴーレム》が置いてある。

両手の先には丸鋸が、そして頭にも丸鋸が付いてる。もちろん両足にも丸鋸だ。

「魔導人形《ゴーレム》の四肢に魔法で動く丸鋸を付けてみた！」

丸鋸《まるのこ》マンは、見た目は三メートルほどの巨大魔導人形《ゴーレム》。その両手に付いてる、丸鋸が魔法で回転。すると腕をすぅ……となでるだけで、ジャングルに生えている木々や蔦が、あっという間にスパスパ切れる。

「いけ！　丸鋸《まるのこ》マン！　まっすぐエヴァシマを目指すんだ！」

魔導人形《ゴーレム》はうなずくと、両手足に付いた鋸で、植物をズタズタにしていく。

あとは、ハンマーで叩いて整えれば……安心安全な道が完成するってわけ。

「あ、あんな規格外な魔導人形《ゴーレム》を作ってしまうなんて……さすがヴィル様！」

「え、規格外？」

「普通なら、人間サイズくらいで、命令も単純なものしか聞けないはずですわ。しかし、あの魔導人形《ゴーレム》は、植物だけを切ってる！　なんて繊細な動き！　ありえない魔導人形《ゴーレム》ですわ！」

驚くラグドール。

まあ俺は普通がどうとかありえないとか、考えてない。ただ丸鋸がたくさんついたゴーレムがいたら面白そうだし、便利そうだなぁって思って作っただけだ。

うむ、いいものができた。

「んじゃ、ま、レッツラごー」

《ポロ Side》

ヴィルの後ろをついて行くポロ。

彼女の腰には光と闇の聖剣が下がっている。

立派な剣。しかし……自分は使いこなせていない。

『どうした、ポロ？』

「あ、いえ……なんでもありません、夜空様……」

『ふぅむ……良いのだぞ？　遠慮せずとも。悩みがあるのなら聞くぞ』

気さくに語りかけてくる、闇の聖剣。

だがポロはまだ、本音で語れないでいる。

「大丈夫です……」

それは心の傷に触れること、自分の一番デリケートな部分の話だから。

ヴィルにすら言ったことのない過去を、明かすことは躊躇われた……。

「！　ヴィル様」

そのとき、ポロの耳に、声が聞こえた。

獣人は人間よりも鋭敏な聴覚を備えている。

（今日はまだ何もしていない……！　ヴィル様のお役に立つんだ……！）

彼女は夜空を抜いて走り出す。

「敵です！　モンスター！」

ヴィルの進行方向には、一匹の巨大な食虫植物がいた。

ウツボカズラにも似た、大きな、しかし異形のモンスターである。

『死喰い花《デス・プラント》じゃな』

ポロは飛び上がって、死喰い花《デス・プラント》めがけて闇の聖剣を振るう。

剣が振るわれると、三日月型の軌跡ができる。

闇を纏った刃が、死喰い花《デス・プラント》を一刀両断して見せた。

触れたところを無に帰す、闇の刃……。しかし……。

ポロは納得がいかなかった。以前、ヴィルがこの聖剣を使って、敵をまるごと飲み込んだシーンを目撃している。それと比べると、本来の力の一〇％程度の力しか出せていない。

「おー、やるなポロ」

ヴィルが追いついてくる。

だがポロは、ぺちょんと耳と尻尾を垂らす。

「……申し訳ないです」

「え？　どうしたよ」

「だって……ヴィル様に最強の剣を持たせてもらっているのに、このていたらくじゃ……」

獣人の姫ラグドールは「あ、いや……」と困惑してる。

それも無理からぬ話だ。死喰い花《デス・プラント》は、Ａランクモンスター。

ベテラン冒険者が、パーティを組んで挑んでも、全滅する危険性がある。そんなモンスターを一刀両断して見せたのだ。十分に強いと言えた。

「すごいお強いですよ」

とラグドールが言うも、ポロの表情は晴れない。

「強くて当たり前です。天才であるヴィル様が作った剣を装備してるのですから……」

逆に言えば、装備してこの程度の強さと言うこと。

「強くなりたい……」

「どうしてですの?」

ポロは、ラグドールを見やる。どうして……?

確かに、改めて聞かれると……。わからない。今はただ、この貸し与えられた闇の聖剣に、ふさわしい技量を身につけることが、短期的な目標と言える。

けれど、じゃあどうして強くなりたいのかと言われても……。

特にこれといった、目標は……。

ある、脳裏に浮かぶのは……。

母を助けてくれなかった、あの人間……。

あの男が助けてくれなかったせいで、母は死んだのだ(確定ではないけれども)。

……あの男に、一泡吹かせてやる。

「ありがとうございます、王女さま。目標が定まりました。これで、強くなれる気がします」

今まで聖剣を使いこなせなかったのは、目指すべき地点を設定していなかったからだ。

あの男に一泡吹かせ、死んでいった人たちに謝罪させる。

ポロの心に、小さな闇が生まれた瞬間だった。

一方で、ラグドールは痛ましいものを見る目で、ポロを見るのだった。

《ヴィル Side》

「やぁあああああああ！」

ざん！　とポロがその手に持っている闇の聖剣を振る。

死喰い花《デス・プラント》を、片端から倒していく。

「ハァアアアアアアア！」

ポロが剣を振るうと、闇の力が解放される。

周囲にいた、小さめの死喰い花《デス・プラント》たちが吸い込まれていく……。

ポロはモンスターを倒したあと、にんまりと笑う。

「どうでしょうか、ヴィル様！」

さてどう言うべきだろうか。別に俺は剣の師匠でも何でもないんだが……。

俺が迷っていると、剣状態の夜空がハッキリ言う。

『駄目なところは言ってやっておくれ』

自分で言えばいいんじゃねえ？　とは思ったが、まあそういうのなら言ってみるか。

「全然、駄目駄目だな」

「な!?　ど、どうして……？」

「どうしてって……だってそれ、夜空の力を全然引き出せてないんだもんよ」

ポロが愕然としている。夜空は『さすがじゃ』と小さくつぶやいていた。

「ポロ。それはただ木の棒を振り回しているのと変わらないよ。夜空はもっとできる子だ」

「し、しかし……」

「まあ剣の師範でもなんでもないから、剣術については口出しできんが……」

俺はポロに近づいて、夜空を取り上げる。

「粗末な使い方をするんだったら、夜空は没収な」

「そ、そんな……！」

ポロのやつ、気づいていない様子。

俺はハンカチを取り出して、夜空の刃に付いた、死喰い花《デス・プラント》の樹液を拭う。

「臭かったろー。ごめんな」

『いや、問題ない』

刃こぼれを少し起こしていたので、ハンマーでこつんと叩いて、直す。

「ポロ。確かに夜空は道具だよ。でも道具にも心があるんだ」

不満そうだ。そりゃいきなり道具に心って言われても、受け入れにくいかもしれんが。

「ちゃんと尊重してやりなさい。でないと、夜空は二度と使わせないよ？」

厳しい言い方になっちまったんだろうか。

でも夜空は道具でもあるけど、ポロにとって相棒でもあるんだ。

そこをね、ちゃんとわかってほしかったんだよ。

「……ごめん、なさい。ヴィル様、夜空様」

「ん。いーよ。ただし……しばらく封印ね」

俺は夜空の表面をこつん、と叩く。

じゃらじゃら、と鎖が生成されて、夜空を縛り付ける。

「夜空様は……いつになったら使っても良いでしょうか？」

「それは夜空に聞いてくれ」

夜空をポロに返す。ポロは、やっぱりどこか納得してない様子。

ま、これは道具と持ち主の問題だから。俺じゃどうにもできんしな。

「悪い、ラグドール様！　ちょっともたついちゃって」

獣人国王女のラグドール様にそう言う。彼女はふるふる、と首を振った。

「いえ、構いません」

彼女は俺の横を通り過ぎると、ポロの肩にソッ……と手を置く。

「何やら深い事情がおありのようですが、根を詰めすぎるのもよくありませんわ。あなた様は、さっきからずっと戦い詰めですし……」

確かに出てくるモンスター、かたっぱしから夜空でたたき斬っていたもんな。

「ヴィル様、ポロさん、休憩を取りましょう。近くに村があったはずですわ」

「いいのかい？」

「はい。皆さん、お疲れのようですし」

ポロもそうだが、ラグドール様の護衛たちも結構参ってるようだ。

空気もムシムシしているしな。

熱い中歩いたんじゃ、体力の消耗も激しくなって当然だろう。

急がなきゃいけないが、倒れられても困る。休息は取るべきか。

「案内してくれないか？」

「はい、こちらですわ」

ポロが後ろからついてくる。犬耳と尻尾がぺちょんと垂れている。ふぅむ……。

ちょっと怒りすぎたろうか？

「ポロよ。悪かったな。別におまえを叱りつけたかったんじゃなくてな。ちゃんと使ってほしかったんだ、夜空をさ」

「ちゃんと……」

「おうよ。夜空は、やろうと思えばすげえことできるんだぜ？　たとえば……」

そのときだった。

「きゃああ！　ヴィル様！　あれを！」

ラグドール様が悲鳴を上げる。

彼女が見やる先には、巨大な、木で出来たドラゴンがいた。

「でけえ。なんだありゃ……」

「ヴィル様、どうしましょう？　夜空様は封印されてるし……」

近くに、獣人がいる。

多分村ってやつはそこにあるんだろう。

このままじゃ木の竜が暴れて、彼らがヤバいことになる。

「たすけねーとな」

俺は神鎚《しんつい》ミョルニルを手に取って、こつんと自分の肩を叩く。

「肉体改造《フィジカル・ブースト》」

超錬成の応用、肉体改造《フイジカル・ブースト》。

体の構造を作り替えることで、超パワーを手に入れる技だ。

俺はドンッ、と地面を蹴って、木の竜の顔を、ハンマーでぶん殴る。

ばごぉおおおおおおおおおおん！

「す、すごいですわ……あんな大きな古竜種を、一撃で倒してしまわれるなんて……」

古竜種？　ま、どうでもいい。

「それより今の木のドラゴン……かっけえ……」

家とかのオブジェに使えるかもしれんな。一度ぶっ壊したので、構造はわかったし。

よし、今度家を作ったらあれを、家のどっかに据えてみるぞ。

★

木のドラゴンをぶん殴って倒したあと……。

「あなた様たちはいったい……」

村人たちが恐る恐る話しかけてきた。

そこへ、獣人の王女、ラグドールが言う。

「皆さん、こちらの方々は敵ではございません」

「おお、ラグドール様！」

さすが獣人の王女、顔が知れ渡ってて良かった。無意味な争いが起きなくて済む。

村人たちがラグドールの周りに集まってくる。

「このお方は、我らが祖国を救ってくださる、救世主様です」

「おお！　なんと……ありがたい！」

頭を下げられまくる俺たち。期待されているのだ、頑張らねーと。

「とりあえず、王都を目指す。だがこの村をほっとくのもな」

完全に樹海化の影響を受け、住居を破壊され、村を守る防壁すらない。

「ほいじゃ、俺は外壁でも作るかね。ポロ」

さっきの一件で、ポロがぺちょんと耳と尻尾を垂らしている。

強く言いすぎたな。

「周りの雑魚、掃除してやってくれ」

「……わかりました」

ポロはうなずくと、鞘に収まったままの夜空を手にして出て行く。

封印の解く解かないは、夜空に任せてるからな。あとは二人で乗り越えてほしい。

「しかし救世主様。防壁を作るってどうやって……？」

獣人の一人が俺に尋ねてくる。

まあ、言うて簡単なことだ。

「素材はたくさんあるしな」

俺は近くの木に近づいて、ハンマーでコツンと叩く。

すると、木々が変形して、あっという間に村を囲う高い壁へと変貌した。

「なんということだ……神の奇跡だ」

震えている獣人たちに俺は言う。

「いや、ただの職人技だよ」

ぽかんとする獣人たちをよそに、俺は次なる復興作業に着手するのだった。

《ポロ Side》

ヴィルのもとを離れたポロは、村周辺の雑魚モンスターを討伐していた。

「はぁ……！　はぁ……！　消えろ！　消えろぉ！」

小型の死喰い花《デス・プラント》たちを、ポロは自分の爪だけで引き裂く。

ポロの鋭い爪と、獣人の人間離れした腕力による一撃は、非常に強力だ。

一撃で、小型の死喰い花《デス・プラント》たちを蹴散らしていく……。

「駄目……こんなんじゃ……全然だめ……」

ポロは強くなりたい。自分を助けてくれなかった、人間に対する……怒りがあるから。

あの男に復讐してやる。……しかし、ヴィルから夜空を取り上げられてしまった。

「夜空様……どうしてでしょうか」

『どう……と言われても。創造主の言うとおりじゃ。ぜんぜんなっとらん』

「そう……ですか……」

聖剣から認めてもらえないのでは、本当にまだまだなのだろう。

だから、聞いてみることにした。

「何が……足りないんでしょうか？　それとも……何か間違ってるんでしょうか……？」

夜空は、間を置いた。

何か考えているようだ。そして、夜空から出た言葉は、厳しいものだった。

『両方じゃ』

「……それを教えていただくことは？」

『残念ながら、教えられぬ』

がっかりするポロに、夜空が慌ててフォローを入れる。

『意地悪で言ってるのではないぞ。ぬしは筋が良い。それは間違いではない。いずれ聖剣の使い手……勇者となろう』

「今のままでは無理なんですよね？」

『うむ……ぬしは足りてない。そして、間違っておる。これはぬし自身が自分と向き合い、気づかねばならぬのだ』

意地悪で、答えを伏せているわけではないのが、わかる。

夜空の声音は実に優しげだった。でも……答えがわからない。

どうすれば、強くなれる？　ヴィル様のように。と思ったそのときだった。

「きゃああ！」

近くから悲鳴が聞こえてきた。

死喰い花《デス・プラント》に襲われかけていたのは、獣人の姫、ラグドールだった。

とっさに、体が動いた。動いてから内心で驚いていた。

なぜ、自分が助けに向かっているのか。わけもわからぬまま彼女は爪を振るった。

死喰い花《デス・プラント》の触手を切り飛ばす。

触手にぐるぐる巻きにされていたラグドールが、宙に投げ出される。

ポロはラグドールを空中でキャッチして、地面に柔らかく着地した。

「ありがとうございます、ポロさん」

別に助けるつもりはなかった。だが彼女には、さっきちょっと慰めてもらったことがあった。

知り合いが、モンスターに食われたとなれば、寝覚めが悪い。

だから助けただけに過ぎない。

礼を言われる筋合いはなかった。別に自分で助けたいと思って助けたわけじゃないのだ。

「……お姫様は、どうしてここに？」

「ポロ様が心配で。お一人で向かわれたので……」

……心配、か。ポロはラグドールを見やる。

眉根を寄せて、顔を近づけてくる。ポロは耳が良い。

心音から、ある程度の感情を聴き取ることができる。

嘘をついているときには、嘘つきの音がするのだ。

……でも。ラグドールからは、それが聞こえない。

本当に、純粋に、ラグドールはポロを心配してくれていたようだ。

……見ず知らずの、昨日今日会ったばかりの相手を。

知らず、疑問が口をつく。

「どうして、私を心配したの？　他人なのに」

ふるふる、とラグドールは首を横に振って、真面目な顔で言う。

「他人ではございません。あなたは、獣人。わたくしたちと同じ、人ではありませぬか」

ね……とラグドールが微笑む。人……。

『奴隷は物だ！　人間様の言うとおり動いていれば良いのだよ！』

……例の男の声が響く。そうだ。自分は……奴隷だった。

ごつい首輪をつけられて、命を握られていた……物。

「あなたと私は……同じじゃない」

別に、非難したいわけじゃなかった。傷つけたいわけじゃなかった。

ただ、自分と、このお姫様とでは異なる存在なのだ。

自分は、元奴隷で、そっちは人間……。

「あいたっ」

そのとき、ラグドールが腕を押さえた。

よく見ると、さっき死喰い花《デス・プラント》の触手で巻かれた部分が、焼けただれていた。

「毒……」

「これくらい平気ですわ♡」

……平気そうには見えない。どう見ても、痛そうだ。

いやだな、と思った。自分を心配してくれた人が、痛そうにしてるのは……嫌だなと。

そのときだ。

『まーま』

ぱぁ……！　とポロの腰で眠っていた、小ぶりなナイフのような聖剣……。

光の聖剣ルクスが、輝きだしたのだ。

ルクスから放たれた光が、ラグドールの患部を優しく照らす。

そして次の瞬間には、怪我が綺麗さっぱり治っていたのだ。

「すごいですわ、ポロさん！　怪我を一瞬で治してしまわれるなんて！」

「あ、いや……私がやったわけじゃ……」

ラグドールがポロの手を握って、笑いながら言う。

「ありがとう、ポロさん！　二度も助けてくれて、感謝の念に堪えません」

一度目も、二度目も、別に助けたくてやったわけじゃなかった……。

特に、二度目はルクスが勝手にやっただけ。

それでも、ありがとうと言ってもらえたのは、嬉しかった。

人を助けたことで、ありがとうって言ってもらうのが、なんだか心地よいと思う。

『まーま。まーま！』

次の瞬間、腰につけてあったルクスがさらに光ると……。

ポロの尻尾に、何かがくっついた。

「うひゃあ！　な、なになになにっ⁉」

ポロが振り返ると、尻尾に、まるでコアラのようにくっついてる……。

幼児が、いた。

「まーま。もふもふ。きもちーい！」

「ま、まさか……ルクス？」

闇の聖剣、夜空と同様に、ルクスもまた、人の姿をした剣精のようだった。

★

「ちーちー！」

腕の中にすっぽり収まっていた幼女が、ヴィルに向かって、空を飛んでいく。

「おー。ルクスじゃねえか」

「ちーち！　ちちー！」

きゃっきゃ、と戯れるルクスとヴィル。

ポロは驚きを禁じ得なかった。

「う、ヴィル様……その子が、ルクスだって、よくわかりましたね」

美しい金髪に、橙色の瞳。

ちょっと尖った耳をしてるが、どう見ても人間だ。

「え、わかるだろ？　ルクスだって。なあ？」

「うい！」

……そう言われてもわからない。しかし制作者のヴィルならわかるのだろう。

人間なのか、剣精なのか。

「すごい……やっぱり……ヴィル様はすごい……」

ヴィルはルクスを抱っこしながら尋ねる。

「そうだルクス。ちょっとお手伝いお願いできるか？」

「てつだい？　ちちてつだいする！」

「おう、さんきゅー」

ルクスを抱っこした状態で、ヴィルが村へと移動する。あらかた村は復興の様子を見せている。

村は樹木でできた防壁で囲まれている。さらに壊れた建物はすっかり元通りだ。

「だがみんなちょっと病気しててな」

「病気……ですか？」

　ポロが尋ねると、ヴィルがうなずく。

「どうにもそこらに生えてる植物を食って、食あたりを起こしてるらしくてよ」

　ヴィルは全修復といって、壊れたものをたちどころに直すスキルを持っている。

「ヴィル様のスキルで治せるのではありませんか？　確か皇帝のご病気を治していたような」

「そうなんだが、いかんせん数が多くてな」

　村の集会場へとやってきた。

　老若男女、幅広い層の獣人たちがお腹を押さえて、倒れている。

「死ぬほどじゃないけど、痛そうなんだ。治してやりたいが一人一人じゃ時間がかかる。そこで……」

「るぅの、でばんです！！！」

　るぅ……というのはルクスの一人称なのだろう。

　ヴィルがルクスを使えば、食あたりなんて一発で治る。

　光の聖剣の効果は、破壊の否定。あらゆる破壊行為を、そもそもなかったことにできる。

「るぅ、やる！　まーまと！」

　ぱぁ……とルクスが輝くと、ポロの手のひらに、ナイフが収まる。

　ポロは驚きを隠せなかった。

　どうして……自分と？　ポロは聖剣を手に……しかし……。

「ヴィル様……やっぱり、ヴィル様が……」

「いいや、ポロ。おまえがやりなさい」

「でも……」

「剣がおまえを選んだんだ」

ルクスが、ポロを選んだ……？　どうしてだろう……。

わからない。なぜ気に入られてるのかも。尻尾がもふもふだからだろうか。

「使い方がわかりません」

「それは俺じゃなくて、ルクスに聞くんだな」

「光の聖剣に……？」

ヴィルのアドバイスで、ポロはルクスに顔を近づける。

「光の……聖剣さん？」

『のー！』

「え？」

『るぅは、るぅ……！』

どうやら名前で呼んでほしいようだ。本当に、ただの子供のようだ。

剣ではなく、ただの子供……いや。人間……だ。

「……ルゥちゃん。この人たち、治して」

『や！』

拒否られた……？

『なおす！　いっしょ！　るぅにおねがいじゃない、いっしょ！』

……わ、訳がわからない。何が言いたいのかもさっぱりだ。

『いっしょ！　いっしょー！』

「力を合わせてってこと……？」

『そー！　いこいこー！』

　かたかたかた……とルクスが震える。

　一緒……力を合わせるとはどうすればいいんだろう。

　ヴィルがポロの肩に手を置いて、揉んでくる。

「リラックスリラックス。あとはルクスの声に、耳を傾けて」

　ヴィルに言われて、ポロはうなずく。

　自分は正直まだ、このルクスという聖剣を信じられない。

　でもこの剣は、他でもない、すごい職人であるヴィルが作ったのだ。

　ルクスを作った、ヴィルを信じる。

『いっくよー！　ぜんかーい！』

「え、ちょ……！」

　ぐんっ、と体から力が抜ける。強く、ナイフが輝く。

　すると光は、倒れている村人たちを包み込んで……。

「おお、すごい！」「お腹が痛いの治ったー！」

　あちこちで歓声があがる。

「やるじゃないか、ポロ。成功だ……ってポロ？」

　成功を、喜ぶことはできなかった。

　今ので力を使い果たしてしまった。

……獣人は、人間より遥かに魔力量が少ない。

ゆえに、ルクスに全ての魔力を吸い取られてしまったのだ。

「ポロ！　ポロ！」

ポロは目を閉じる。ただ、ヴィルの顔に、泥を塗らないですんだことだけが、うれしかった。

★

それからしばらくして、ポロは目を覚ます。

「よっす、ポロ」

ポロがガバッと身体を起こして、となりにいたヴィルに頭を下げる。

「申し訳ありません！　ヴィル様が作ってくれた剣を使ったのに、あのようなふがいない結果になってしまい……」

ポロは光の聖剣ルクスを使った。

しかし途中で、気絶してしまったのだ。

以前、セッチンによって破壊された王都を、ヴィルは同じモノを使って、一瞬で直し、さらにその後戦闘まで行ったというのに……。

一回使っただけで倒れてしまうという、なんとも駄目な結果に終わってしまった。

これでヴィルの武器を、ひいてはそれを作成したヴィルの格を落とす結果となる……。

だがヴィルは、ニコッと笑ってポロの頭をなでた。

「どこがふがいないんだよ。大成功じゃあないか」

ヴィルが立ち上がって、ちょいちょいと手招きする。

どうやらここは、獣人たちの村にある、家の中のようだ。

ヴィルと一緒に外に出ると……。

「あ！　勇者のお姉ちゃんだ！」

わっ！　と獣人の子供たちが近づいてくる。みんな笑顔で、しかもフレンドリーだ。

獣人はよそ者に対して、かなり強い警戒心を持つ。それは同族であっても同じだ。

しかし村の子供たち、そして大人たちも、ポロに笑顔を向け、そして近寄ってくる。

ポロはその信じられない光景に思わず戸惑う。

「勇者様、ありがとうございます！」「おかげでお腹が痛いのが治りました！」

周りにいる人たちが皆、笑顔だ。しかも治ったという……。

「そんな……途中で倒れたのに……」

「でも、ちゃーんと全員の治療はできてたみたいだぜ」

うんうん、と村人たちがうなずき、そして感謝の言葉を口にしていく。

全員が感謝していた。……うれしさよりも、困惑してしまう。

同じ聖剣である夜空を使ったときは、ヴィルは褒めてくれなかった。

でも今は、よくやったと頭をなでてくれた。この違いはなんなんだろう……。

魔力が途中でつきて、気絶した。明らかにルクスを使いこなせていない。

絶対に、怒られるか、失望されるかと思っていたのに……。

『ポロよ。素晴らしかったのじゃ。我も使われる立場としてうれしく思うぞ。無論、ルクスもそう思っておるじゃろうな』

……闇の聖剣、夜空が言う。それでもポロは、やはり納得ができなかった。

……どうしてみんな、褒めてくれるんだろうかと。

こんな、全然、聖剣を使いこなせない自分を……どうして、勇者って呼ぶんだろう。

第二話　伝説の鍛冶師は、獣人の国を救いにいく

俺、ヴィルは村を直し、そして村人たちを治療したあと、再び出発することにした。

「ありがとうございます、ヴィル様、そして、勇者様」

村の獣人たちが俺に頭を下げる。

勇者……ポロはどこか納得いってないのか、そう呼ばれても表情は暗い。

俺は立派に勇者してたって思うんだけどね。

「悪いな、たいしたことしてやれなくて。俺らも先を急ぐものだからな」

現在、獣人国ネログーマは、水の聖剣が暴走した結果、国中の植物が異常発達してる。

植物の力は凄まじく、ほっとけば国が滅びるレベルだ。

早めに水の聖剣アクア・テールを直さないと、取り返しがつかないことになる。

「いえいえ！　壊れた村の修復、村人の治療、そして何よりこんな立派な防壁まで建ててくださって、もう十分です」

「え？　それだけじゃないぞ」

「そ、それだけじゃない……？　どういうことでしょうか……」

と、そのときだった。

「た、大変だぁ……！　植物モンスターの群れが！　こっちにきてます！！！」

「なんじゃとぉ！」

防壁の上にいた見張り役が、声を張り上げる。

俺たちもはしごを使って壁の上にやって来た。

「おー、木のドラゴンじゃん」

俺たちがこの村へ来る前に見かけた、木のドラゴン……樹龍《トレント・ドラゴン》というらしい。その群れが、こちらにぞろぞろと押し寄せてくるのだ。

「おわりじゃあ……」

「あんな恐ろしいモンスターが、こんな大量にやってきたら……」

「え、なんでみんなおびえてるの？　大丈夫、来ないからあいつら」

そのときである。光の壁が、樹龍《トレント・ドラゴン》と村の防壁の間に突如として出現したのである。

「ゴギャアア！」「ギシャアアア！」「ギャアアアス！」

先頭を走っていた樹龍《トレント・ドラゴン》たちは光の壁にぶつかった瞬間、消滅する。

後ろの連中は前のやつらが死んだのを見て、おびえて立ち止まる。

その様子に……獣人姫ラグドールが驚愕の表情を浮かべる。

「し、信じられませんわ……結界です！　こんな小さな村に、聖なる結界が張られてます！」

聖なる結界。国が所有する結界装置から発生させられるモノだ。魔を退ける特殊な結界。

しかし大抵の結界装置ってやつは、国宝で、そういくつも量産できない。

主要都市にいくつかあるくらい。

小さな村は、天導教会に頼んで、聖女に結界を張ってもらってる……だっけか。

「この村には結界などなかったはず！　どうして!?」

「え、どうしてって……俺が作ったからだけど、結界装置」

「「「え、　えええええええええええええええええええええ!?」」」

あ、そういや言ってなかったな。驚かせてしまったようだ。すまんな。

「どういうことですか、ヴィル様！」

ポロに俺は答える。

「見たほうが早いかな。おいで」

俺たちは防壁から下りて、村の外へ行く。

防壁の壁に、大きめの宝珠のようなものがはめ込まれている。

よく見りゃ、宝珠の表面に模様が刻まれてるのがわかるだろう。

「あれが結界発生装置」

「そんな……ありえませんわ。結界発生装置は、もっと巨大な見た目をしておりましたわ」

「うん。でもそれだと場所取るだろ？　だから、コンパクトにしてみました」

宝珠型にすれば、穴を開けてそこにはめ込むだけで、結界が発生させられる。

これなら場所も取らない。それに結界装置って、一回設置すると動かせないのが不便だったんだよな。宝珠型結界装置なら、簡単に取り外しできて便利。

「し、信じられませんわ……結界発生装置は国宝……国が大金と、長い年月、そして多くの才能ある魔道具師たちを集めて作るものなのに……いつ作られたんですの？」

「え、村を出る準備してる間に、ぱぱっと」

アイディア自体は頭の中にあったのだ。俺は帝国で結界装置も直した。

なので、構造は頭の中に入っている。

あとは、スキル天目一箇神《アメノマヒトツノカミ》を使って、頭の中のイメージを形にした、ってわけだ。

「ヴィル様……すごいですわ。これはもう……歴史的偉業ですわ！」

まあ、俺に取っちゃ……だから何って感じ。

「さて出発しよーかいね」

「いやいやいや！　ヴィル様！　なんでそんなあっさり⁉」

え、まじでだから何だってんだろうか……。

「俺はただ、こういうのがあれば便利かなーって思って、ちょろっと作っただけだしな」

愕然とするラグドールをよそに、ポロがキラキラした目を俺に向けて言う。

「こんな素晴らしい装置を作ってしまうなんて、さすがです、ヴィル様！」

そして、村人たちが頭を下げる。

「ありがとうございます！　まさか聖なる結界まで張ってくださるだなんて！！！　もう感謝してもしきれないです！」

いやぁ……そんなに恐縮されてもな。

俺はただ、あったら便利だろうなってものを作っただけだしよ。

「そんな気にしないでくれよ。俺の好きでやってることだし。じゃ」

「「ありがとうございました！　ヴィル様！！！！」」

なんかむずがゆさを覚えながら、俺は村を去るのだった。

★

馬車に乗っていると、ふと、ラグドールが、俺に問うてきた。

「ところでヴィル様。先ほどの新型結界発生装置ですが……どうやって作ったのですか？」

村を出る際、俺は自分で作った、結界装置を置いてった。

それは一般的に出回っている物ではない。

「作り方は単純だよ。必要なのは魔石くらい」

「魔石……たしか、魔物の体内から採取できる、特殊な鉱物でしたね」

「そうそう」

俺は■《ボックス》から、魔石を取り出す。真珠のような小さな魔石だ。

「魔物の体内にある、魔力を含有した特別な鉱物だ。魔道具を動かす燃料になる……と、一般的な使い方はそうなってる」

「違う使い方があるのですか？」

ポロが俺に問うてきた。

「ああ。これ、よく見てみ？　表面にさ、模様が描かれてない？」

ポロが首をかしげる。

人間より目が良い獣人でも見えないか。

俺は■《ボックス》から特殊なルーペを取り出して、ポロに渡す。

ポロがそれを装着して、もう一度、魔石を見ると……。

「！　表面に、細かな文様が描かれております！」

「魔石の表面には術式が刻まれてるんだよ」

術式。魔法的なものを起こす、設計図のようなもんだ。たとえば、魔法陣がそれだ。

「魔石って、全部の表面に術式が刻まれている。こいつに魔物が魔力を流すことで、魔物は固有の能力を使えるんだ」

普通、魔石は単なる、魔力を貯めた石という使い方しかされない。

けど魔石の本質はそこじゃない。

「魔石には術式が刻み込める。ならここに、聖なる結界の術式を刻めばどうよ？」

「結界が発動する……」

「そういうこと。まあ色々手を加える必要あるんだけどね」

魔石の表面には、魔物本来の術式が刻まれている。本来の術式を一度破壊する必要がある。

そうしないと新しい術式が刻めないからな。

「魔石を傷つけず、術式のみを破壊。その後、スキル天目一箇神《アメノマヒトツノカミ》で、聖なる結界の術式を刻む……とまあ、割とテクニックのいる作業で、現状俺にしか作れないわけよ」

魔石ってすんごい割れやすいんだよね。この表面の術式を壊すには俺の万物破壊がいる。

そして壊れやすい魔石を、状態を保ったまま加工する方法は、いまんとこ天目一箇神《アメノマヒトツノカミ》しかない。

「す、すごいですわ……ヴィル様……。常人には決してマネできない、まさに神業。それを簡単にやってのけるなんて、ヴィル様はすごいです！」

「どうもどうも。ま、もうちょっと簡便なやり方を模索中だけどな」

「まだ手を加えるのですか⁉」

ん？　何言ってるんだろう……。

「だって今だとこれ、俺にしか作れないだろ？　将来的にはたくさんの人が作れるようになったほうがいい」

「ど、どうして……？　権利を独占すれば、大金持ちになれるんですのよ……？」

ああ、そう考えるわけか。まあ王女様だからな。

国を回していくためには、お金ってやつがどうしても必要だもんな。

「俺は別に、俺にしか作れないアイテムを作って、儲けたいとは一切思ってないからさ」

　ぽかん……とするラグドール王女。

「それより、たくさんの人が笑顔になれる。そんな道具を作りたい。俺が満足いけばなおよし」

　みんなの生活が、便利になる。そしてたくさんの人が、その恩恵を受けて、幸せになる。そんな道具を作りたい。だって使う人が幸せになれば、使われる道具もまた、幸せだろう？

　この世に生まれてきてありがとうって、思われる、そんな道具って、素敵だと思わないか？

　というか、俺はそんな道具が作れれば、それでいいんだ。

「さすがヴィル様。立派なお考えですわ！　ね、ポロさん！」

「そのとおりです！　ヴィル様かっこいいです！」

《七福塵《しちふくじん》 Side》

　ヴィルが王都へ向かっている頃……王都エヴァシマにて。

　かつては、美しい水の都として有名だった場所。

　しかし今は、完全に密林化してしまっている。

　異常増殖した植物に建物は壊され、異形の植物モンスターたちがうろついてる。

　そんな中、ひときわ大きな木造建築物があった。

　獣人の王が住む城。今は巨大樹が城を貫いてる。

　城の中、王の玉座には……巨大な樹が佇立《きつりつ》していた。

その樹に、下半身を埋められ、動けないでいる女がいた。

「う、うう……」

「やぁ、目が覚めたかな、女王さん？」

「！　おまえは……！！！」

女王ペルシャの前に立っているのは、白い布で体を覆った美青年……。

「七福塵《しちふくじん》さ。名乗ってなかったね」

七福塵《しちふくじん》は改めて、女王の姿を見る。美しい髪を持った、猫の獣人。ラグドールよりも胸が大きく、背が高い。そんな彼女の手には、水の聖剣アクア・テールが握られている。

聖剣とはいうが、その見た目は一本の長い槍だ。

ペルシャの右手はアクア・テールを握っている。いな、握らされている。

「アクアを直しなさい！」

「それは悪いけどできない相談だ。実験の最中だからねえ……」

アクア・テールの刃には、赤い目玉のような呪物が装着させられている。

そこから黒い木の根が伸びており、槍の本体、そして女王の体を無理矢理くっつけさせている。

「現在、国を使った大規模な実験の最中なんだよねー。アクア・テールの癒やしの力を暴走させた結果、はたしてどうなるか」

アクア・テールの力のせいで、国内の植物が異常増殖させられている……と七福塵《しちふくじん》から状況を伝えられる。だがそれを聞いてもなお、ペルシャは前を向いて、彼をにらみつける。

「おや、絶望しないんだね」

「ええ、娘がヴィルを連れて、ここに来る。あの方なら、きっと直してくださるわ」

ペルシャとヴィルは既知の間柄だ。

六人いる（ポロを含めれば七人だが）勇者たちの聖剣を、ヴィルが一人でメンテしていたのだ。

大体の女勇者たちは、ヴィルに信頼と、そして好意を寄せている。

他の誰にも修復不可能な相棒を、直してくれる唯一の存在……。

「ふふん、八宝斎《はっぽうさい》か。まあ来るね。てゆーか、実際にもう向かってるしね」

ペルシャの目に希望の光が灯る。

ヴィルが来れば全てを直してくれる……だが。

「なぜ……あなたはうれしそうなのです？　計画の邪魔をされるというのに」

七福塵《しちふくじん》の表情は明るい。まるで、ヴィルが来るのを心待ちにしてるかのようだ。

「ま、そっちがメインなとこあるからね」

「どういう……？」

七福塵《しちふくじん》は近づいてくる。

「国を使った実験は、あくまで八宝斎《はっぽうさい》のためにあるってことさ」

ペルシャが逃げようとするも、体が植物と合体させられているため、動けない。

「さ、もうちょっと暴れてもらおうかな」

七福塵《しちふくじん》がアクア・テールの刃を手でなでる。

するとドクン……！　と呪物が脈打ち……。

ずおおおお……！　とそこから植物が伸びてきた。

「ひぃ……！　や、やめて……！　いやあああああああああ！」

アクア・テールから伸びた木の枝が、まるでモンスターの触手のように、ペルシャの体を包み込む。その豊満な体を、丁寧にラッピングしていく。

「勇者と呪いの聖剣の融合……さて、八宝斎《はっぽうさい》はどうやって解決するのかな……くくく！」

異形の化け物へと変身していく、美しい獣人王を見ながら、七福塵《しちふくじん》は実に楽しそうにつぶやくのだった。

《ヴィル Side》

俺たちはネログーマ王都を目指している。

そしてついに、王都エヴァシマに近づいてきたのだが……。

「！　ヴィル様……なんだか、遠くで音がします」

ぴくんっ、とポロが耳をそばだてる。

俺は何も聞こえないのだが、耳の良いポロには聞こえてきたのだろう。

俺たちは馬車から窓の外を見て……。

「な、なんですの、あれは……!?」

そこにいたのは……めちゃくちゃデカい、魔導人形《ゴーレム》のような存在だ。

「材質は樹だろうな……しかし、でけえ……」

そのデカい魔導人形《ゴーレム》……仮に、巨神兵というか。

巨神兵は王都エヴァシマのほうから突如として出現したように見えた。

ここからエヴァシマはまだ距離があるので、それでも巨神兵を肉眼視できるってことは、そうとうな大きさである。

しかしあのデカい巨神兵……もしかして……。

「ヴィル様！　敵がこちらに気づきました！」

巨神兵。一見すると裸の人間のように見える。

局部や臍などが削られており、また顔の部分が存在しない。

首のないデカい人間みたいだ。

その手にはサイズに見合った、超巨大な槍が握られている。

巨神兵は槍を思いきり、地面に突き刺す。

ドッパァアアアアアアアアアアアアアアアアアアアアアアアン……！！！

「水が！　いつの間に！」

「津波のように押し寄せてきます！」

ごごごごご……！　と凄まじい勢いで水が流れてくる。

「どうしましょう、ヴィル様！　夜空様で吸い込みますか⁉」

「いや、大丈夫」

俺は窓から外に躍り出る。

そしてガンコジーさんからもらった、神鎚《しんつい》ミョルニルを振り上げる。

かつーん！　超錬成スキルでネログーマ周辺にあった木々を、防波堤へと作り替える。

横一列に並ぶ大きな壁が、押し寄せる波を一時的に抑える。

「すごいですわ、ヴィル様！　あんな巨大な壁を一瞬で作り出すなんて！」

ぴき……びき……と防波堤にひびが入る。

どうやら水がさらに押し寄せてきてるようだ。

「ポロ、俺を背負って、あの壁の上へ走れるか？」

「！　もちろんです！」

俺はポロにおんぶしてもらう。

身体能力の高いポロは、一足飛びで、背の高い防波堤の上へと到着した。

巨神兵の突き刺した槍から、止めどなく水があふれ出ている。

「■、全開《ボックスフルオープン》」

それは、俺たち歴代の八宝斎《はっぽうさい》が作った神器《じんぎ》を、無限に再生するスキル……。

無数の■《ボックス》が周囲に展開する。

「神器《じんぎ》を複製して攻撃するのですか？」

「いや、そういう使い方はしない」

そもそも俺は、複製（使い捨て）はしたくないんだよな。まあ俺のポリシーの問題だからどうでもよくって。このように無数にボックスを展開することで……。

ごぉおおおおお！

「すごいです！　水が、無数の■《ボックス》に吸い込まれていきます！」

あの■《ボックス》は異空間へと通じている。

水を物と解釈するんだったら、物を■《ボックス》にしまうことができる。

無数の■《ボックス》たちによって、ドンドンと水位が下がってきてる。

「あとは……肉体改造《フィジカル・ブースト》」

こつん、と俺は神鎚《しんつい》ミョルニルで自分の肩を叩いて、体を強化。

俺はハンマーを思い切り、あのデカい槍に向かって投げる。

「そい！」

恐ろしい勢いでハンマーがぶっ飛んでいき、ばきんと音を立てて、槍が半ばで折れる。

「ごめんな」

……やっぱり物を壊すことは、かなり心が痛くなる。

でもあの槍が刺さっていると、無限に水が出てくるような気がした。

現に槍を折ったことで水の噴出はとまった……そして。

「あれは……多分アクア・テールだ」

「！　それって……たしか水の聖剣……」

こうして近くで槍を見て、合点がいった。

「あの巨神兵から、呪物の気配がする」

聖剣は基本、勇者にしか使えない。水の聖剣を使う、巨神兵の正体は……。

「あれは水の勇者にしてこの国の女王……。ペルシャ＝フォン＝ネログーマだ」

「！　そんな……お母様が……」

ラグドールは、母親が化け物になったと知って、ショックを受けている。

それはしょうがない。

だが今は嘆いてる暇はない。

「大丈夫ですよ、ラグドールさん！」

俺が言う前に、ポロがラグドールを励ますように言う。

「ヴィル様なら、元に戻せます！」

「！　本当ですの？　あんな……あんな大きな化け物になってしまわれたのに……？」

「はい！　大丈夫、ヴィル様はすごいんです。だから……落ち込まないでください。ね？」

……珍しい。ポロが、他人を励ましている。

旅を通じて、何か心境の変化でもあったんだろう。いいことだ。近づいてるじゃあないか。

「……わかりました。ヴィル様を信じます」

「よし。じゃあ状況を整理しよう」

俺たちは王都からかなり離れた場所にいる。

王都には、ものすんごい大きな巨神兵が暴れ回ってる状態だ。

「ラグドール。王都の人たちはどうなってる？　まだいるか？」

「いいえ、お母様が暴走した日、民は王都を離れて疎開させましたわ」

水の聖剣が暴走し、王都は植物の化け物であふれた。

被害を拡大しないために、王都の人たちをすぐに避難させたらしい。

素早い対応だ。ラグドールは出来る女の子である。

「じゃああの足下には、王都の人がいないってことでＯＫ？」

「はい。ただ、先ほどお母様が起こした大津波の影響は、周辺の村にあるかと……」

防波堤を作って津波を止めた。

だが王都から防波堤までの間にある村には、被害が出ていると思われる。

水で街が流されてる危険があるな。

「今俺たちがやらないといけないのは、あの巨神兵を倒すのと、怪我人の救助ってわけだ」

ええ、と二人がうなずく。なら……よし。

「ポロ、おまえに仕事を任せる。怪我人の救助へ回れ」

ぎゅっ、とポロが悔しそうに唇をかみしめる。

「俺はあのデカブツを何とかしてくる」

「……私は、足手まといですか？」

ああ、なるほど。戦いの邪魔だと思ってるのか。俺はポロの頭をなでる。

「違う。単に分業だ。おまえには、救助を任せたい。そんだけだ」

ポロには光の聖剣ルクスがある。

怪我人を治すにはもってこいだ。

「■、全開《ボックスフルオープン》」

俺は……あんま使いたくないスキルを、使う。

「【無限贋作複製】」

俺は■《ボックス》から、手のひらに収まるサイズの、小さな水晶玉を取り出す。

これは、昔の八宝斎《はっぽうさい》が作った神器《じんぎ》の一つ。

「無限魔力の水晶だ。これを持っていれば、魔力を無尽蔵に使える」

「！　国宝なんてレベル超えてますわ！　そんなものを作ってしまうなんて……」

作ったっていうか、複製しただけだ。

本当はやりたくなかった。でも、今はそんなこと言ってる暇はない。水晶を、ポロに渡す。

「光の聖剣は、使うのにかなり魔力を食う。でもこの水晶があれば、複製品が消えるまで、おまえは無限に回復術が使える」

複製品は一定時間経つと、消えてしまう。

「……どうして主義を曲げて、複製を？」

「おまえのためだポロ。これがあれば、まだ光の聖剣ルクスを上手に扱えないおまえでも、みんなを救える……頼むよ」

ポロは、しばし考え事をしたあと、こくん、とうなずく。

良かった……。作られたこいつも、浮かばれてくれるだろう。

ごめんな、無限魔力の水晶。でも、おまえの命は無駄じゃない。

こうして、人を救うために使える。だから……許してくれ。

「わたくしはポロ様をお手伝いしますわ。村の場所を知ってるのはわたくしだけですもの」

「頼んだ。あとは……俺に任せてくれ」

と獣人二人がうなずく。

こうして、俺たちは手分けして、事態に当たることにしたのだった。

《ポロ Side》

ヴィルと別れたポロは、ラグドールとともに、怪我人の救助へと向かう。

二人とも獣人ということで、かなりの速度で走っている。

だが……ポロは悩みを抱いていた。

『どうした、ポロよ？』

夜空が、持ち主の心の動きを察知して、ポロに問いかける。

『ヴィルとともに戦えなかったことを、まだ引きずっておるのか？』

……そのとおりだった。ヴィルから仕事を任された。

とても、大切な仕事だ。必ずやり遂げる。それは、当然のこと。

……けれどやっぱり思ってしまう。どうして、ともに戦おうって言ってくれなかったのか。

やっぱり、背中を守るのには、まだ実力が足りないということか。

『ポロ。しゃきんとせぬか！』

ハッ……とポロが正気に戻る。

『ヴィルから任された仕事を、そんな気持ちで完遂できると思っておるのか？』

「………すみません」

だめだ。今は、余計なことを考えてはいけない。

自分が弱いことなんて、最初からわかっていたことじゃないか。

闇の聖剣を自在に操れないほどの、未熟な使い手なのである。

仮にヴィルとともに戦ったとて、彼を守れる保証はどこにもなかった。

（私が強かったら、きっとヴィル様は背中を預けてくれたはず。私が弱いから……【雑用】しか任せられないんだ……）

「ポロさん！　あそこに村があります！」

ラグドールが指さす先には、村の残骸らしきものがあった。

どうやら先ほど、巨神兵が作り出した大量の水によって、村の建物などが流されてしまっているようだ。

「うう……」「いたいよぉ……」「たすけてぇ……！」

津波に巻き込まれたせいか、獣人たちは大けがを負っているようだ。

腕や足が逆向きになっているもの、頭から血が出ているもの。

たくさんの怪我人が、壊れた村の中で倒れ伏してる。

(とにかく、今はヴィル様に任された仕事をするんだ)

ポロは光の聖剣、ルクスを抜く。一見小ぶりなナイフに見えるが、れっきとした聖なる剣。

「怪我人を治療します！」

「あ、あんたは……？」

近くで倒れていた獣人が尋ねてくる。

「このお方は勇者様ですわ！」

「おお！　ラグドール様！　王女様が勇者様をお連れになってくださった！」

村人たちはポロへの警戒を解いた。ポロはナイフを構えて、集中する。

「あのときみたいに……ルクス、力をかして」

『ぬぅー……』

しかし、ルクスから返ってきたのは、そんな気のない返事だった。

「どうしたの？」

『やぁーいまの、まーま。や……』

……どういうことだ？　今の自分が、嫌？　そんな、一刻を争うときなのに！

「言うことを聞いて、ルクス。ヴィル様から任された仕事をこなしたいの！」

『や……！　いまのまーま！　や……！』

……意味がわからない。どうして、この間は治癒の力を使えたはず！

「ルクス！　言うこと聞きなさい！」

『びゃあああああああああ！』

ついには、ルクスが泣き出してしまった。

……訳がわからない。どうして急に、使えなくなってしまったんだろう。

今……ヴィルは戦ってる。あの人が戦ってる一方で、自分はこんなことで、モタモタしてしまっている。さっさと終わらせて、ヴィルに加勢したいというのに……。

急に、闇の聖剣が輝きだし、そこには人間の姿に変わった、夜空がいた。

「ポロ。ルクスを渡すのじゃ」

「！　い、嫌です！　これは私の……」

しかし、ルクスが自分の手から消え……夜空の手に収まる。

「すまんかったな。おぬしら。ルクス、おおよしよし、良い子じゃから、ちょっと頑張れるか？」

ぐずっていたルクスだったが……。

『うん。がんばりゅ』

「良い子じゃ」

夜空が光の聖剣を掲げる。すると周囲に優しい光がともり、怪我人を照らす。

ほんの一瞬で、怪我が治った。

「おお！」「すごい！」「痛くないぞ！」「ありがとう！　勇者様たち！」

どうやら夜空を、ポロの仲間だと思っているようだ。

ポロはというと……夜空が光の聖剣を使った事実に、ショックを受けている……。

「ルクスは……光の聖剣は……私のなのに……」

夜空はその姿を見て、ため息をつく。

「まだ、おぬしには早かったようじゃな」

「夜空様……？」

「もうよい。怪我人は我が治療する。おぬしはラグドールとともに避難誘導をするのじゃ」

……嫌だった。怪我人の治療は、ヴィルから任された自分の仕事……。

でも……今の自分は、どういうわけか、光の聖剣を使えない。

「……わかり、ました」

ラグドールがポロの肩を優しく叩く。そして、二人は村人の避難誘導をする。

残された夜空が、ため息をつく。

「まったく……わかっておらん。我が創造主が、我ではなく、おぬしにルクスと、神器《じんぎ》を託した理由を」

ルクスと夜空は、ヴィルが作った聖剣だ。

彼は、誰でも使える、便利な聖剣というコンセプトのもと、夜空とルクスを作った。

だというのに二本ともポロに預けた。その理由を、その真意を……今のポロは、理解できていないのだった。

《ヴィル Side》

獣人国ネログーマでの怪我人の治療、避難誘導は、ポロに任せた。

あいつならできる。光の聖剣を握ってすぐに使いこなすほど、あいつは勇者としての才能がある。そんなすごいポロなら、きっと怪我人を全員、瞬く間に治してくれる。

今ちょっと迷いがあるようだけど、大丈夫。きっと立ち直る。

「よし……俺は俺の仕事をするぜ」

現状を整理しよう。水の聖剣の力によって、勇者にして女王ペルシャは、巨大な樹の化け物に変えられている。

巨神兵。大きな樹の、魔導人形《ゴーレム》とでも言えばいいのか。遠目にはマネキンのように見える。

手には長槍の形をした聖剣、アクア・テールが握られている。

アクア・テールは攻撃、防御、回復、支援と、何でもできるのが強みだ。

雷の聖剣サンダー・ソーンが攻撃特化型だとしたら、万能型とでも言えばいいか。

ゆえに……一人で戦うのは、非常に厳しいものがある。

「でも……俺はやるぜ。待っていてなペルシャ。すぐに元通りにしてやるからな」

誰もいない王都を舞台に、俺と巨神兵《ペルシャ》との戦いが始まる。

『HOOOOOOOOOOOOOOOOOOO！！！！』

巨神兵が人間とも思えない咆哮をあげる。ビリビリ……と空気が鳴動する。

すると地面から無数の、樹の化け物が生えてきた。トレントだな。

「なら……行け！　丸鋸《まるのこ》マン！」

■《ボックス》から魔導人形《ゴーレム》を取り出す。

丸鋸のついた巨大な魔導人形《ゴーレム》がトレントどもをなぎ倒していく。

あっちはアレに任せよう。俺は肉体改造《フィジカル・ブースト》で体を強化し、飛び上がる。

「HOOOOOOOOOOOOOOOOOOOOOO！！！」

アクア・テールが槍先を俺に向ける。

先端に水が集中し、俺めがけて、凄まじい速さの水のビームが発射された。

なるほど、空中の俺を打ち落とすつもりだな。

確かに足場のないここで、避けることは難しいだろう。

「せいっ！」

俺は、何もない空間を蹴って、方向を変える。驚いてる巨神兵に向かって特攻し……。

「でりゃ……！」

神鎚《しんつい》ミョルニルで、巨神兵の顔をぶん殴った。

「ＯＯＯＯＨＯＯＯＯＯＯＯＯＯＯＯＯＯＯＯＯＯＯＯＯ！」

ずずぅうん……と大きな音を立てて、巨神兵が倒れ伏す。

手から、一瞬だけアクア・テールが離れる。

『ヴィルさーーーーーーーーーーん！』

そのとき上空から、白い竜が舞い降りてくる。

「ロウリィちゃん！　なーいすタイミング！」

ロウリィちゃんが俺の目の前に現れる。

ここは領地からかなり離れてるが、彼女の魔神の翼は光を超える速度で飛ぶことができる。だから、瞬時にやって来れたのだ。

俺はロウリィちゃんの背中に乗る。

さっきまで俺がいた場所に、水ビームが通り過ぎていった。

『良かった！　やっと入れたっす！』

「呼びかけに参上してくれて、ありがとな」

通信の魔道具を使って、ロウリィちゃんには救援要請を送っていたのだ。

『今、エヴァシマは、雨雲の結界で覆われてるっす。外部からの侵入ができない状態っすね』

なるほど……王都を覆うほどの結界が張ってあったのだ。

だから、転移結晶で、目的地にピンポイントで行けなかったんだな。

アクア・テールがペルシャの手から離れて、その結界の力が一瞬薄れたそのすきに、ロウリィちゃんが結界をぶち破って来たのである。

『つーか、さっきのなんだったんすか⁉』

「さっきのって？」

『ヴィルさん空中で方向転換してなかったっすか⁉』

「ああ、あれ？　別に難しいことじゃないよ」

巨神兵が起き上がって、また水ビームを撃ってきた。

俺は何もない空中に向かって、神鎚《しんつい》ミョルニルを振る。

すると水ビームが何かにぶつかって、逸れていった。

「濡れてるから一瞬見えるかな？」

『！　なんか……空中に、ブロックがあるっす！』

透明な立方体がロウリィちゃんの前に出現しているのだ。

『なんすかあれ！　あのすごい水圧のビームを弾き飛ばすなんて！』

「空気だよ」

『空気ぃ⁉』

「ああ。正確には、空気を錬成で圧縮して作った、空気の塊《ブロック》さ」

超錬成はあらゆるものの形を変え、新しいものを作ることができる。

空気を超圧縮して、固めたものを、さっき俺は足場にした。

『なんつーもん作ってるんすか……やばすぎっすよ！』

「そう？」

『そーっすよ！　普通は空気は、加工できないの！！！！』

まあできるんだが。それはまあ、俺が黄金の手を持つからなんだが。

俺は白竜姿のロウリィの背に乗りながら、敵全体の構造を見やる。

『どうするっすか⁉　相手は巨大な槍使いっすけど』

「まずは……近づいてみてくれ」

『了解っす！』

ロウリィちゃんが空を高速で飛翔し、接近する。

巨神兵が槍を流麗に動かし、接近するロウリィちゃんに攻撃。

がきぃん！　槍がロウリィを貫こうとしたので、俺はハンマーで槍を弾き飛ばした。

『つぶねえ……！　ヴィルさんが弾いてくれなかったら、やばかったっすわ……。距離取るっす！』

そう言ってロウリィちゃんが退く。

すると巨神兵は槍を構えて、先端から水ビームを照射してきた。

空気ブロックでビームの軌道を無理矢理変える。

『どうすんすか⁉　接近したら槍による攻撃、離れたらビーム。これじゃ近づけないし、遠くから攻撃するのも無理っすよ！』

「ああ、まあでも、今ので大体の構造がわかった」

ロウリィちゃんがビームを避けまくる。その上で俺は説明する。

「巨神兵には弱点が二つある。一つ目は巨神兵の心臓の処にある、勇者ペルシャの本体」

もう一つは……。

「巨大化した水の聖剣、アクア・テールの柄んとこだ。あそこに呪いのアイテム……呪具が填まってる」

『要するに、巨神兵の心臓か、聖剣の柄を破壊すれば、活動停止するってわけっすね』

ビームが飛んできたので、空気のブロックを置いて避ける。

『でもやばいっすよ。槍の柄なんてものすごい速さで動いてて狙えないし、心臓部は動かないけど、近寄れば槍の反撃受けますし』

持久戦も難しそうだしな。巨神兵に攻撃しても、すぐに再生してしまう。

魔力切れを狙いたいところだが、アクア・テールの厄介なところで、水分が周りにあればそれを魔力に変えてしまう。水場だとほぼ敵無しだ。

『もうこれ無敵じゃないっすか！　アクア・テールのせいで雨はずっと降り続けてるっすよ』

雨……そう、雨だ。巨神兵は雨の結界を張っている。

国を覆うほどの結界だ。ということは、各地で……。

「よし、ロウリィちゃん。作戦が決まった」

『やっとっすか！　もう体力切れてきてて、避けるのも難しいっすよ!?』

ぽん、と俺はロウリィちゃんの肩を叩く。

「このまま避け続けてて」

『はぁ!?』

俺はロウリィちゃんから降りる。

「通信で合図したら、俺の指示するところに、巨神兵を連れてきてくれー！」

『ちょっ!?　ヴィルさん!?　どうすんすか!?　ヴィルさーん！』

あんなデカブツ、真正面から挑んでも勝てない。

ならばトラップを張って隙を突くしかないだろう。

俺はロウリィちゃんから降りて、着地する。
■《ボックス》から【それ】を取り出して、ハンマーで叩く。
地面に埋めると、その場から立ち去る。頑張ってくれ、ロウリィちゃん。

俺の作戦は王都ではできないんだ。ナンデかって……？

この、獣人国の建物を、これ以上壊せないからだ。

獣人たちが長い時間かけて作った、町なのだ。思いの詰まった建物を、壊すわけにはいかない。

俺は一度王都を離れて、外壁を出る。しばらく走ると、平原へと到着する。

俺は地面に向かってハンマーを叩く。……よし！

「ロウリィちゃん！　俺が指示する場所に巨神兵を連れてきて！」

『わ、わかったっす！』

ロウリィちゃんとは魔道具を通して、通話ができる。

さっき俺が王都の中に仕掛けたトラップのもとへ、巨神兵を誘導……。

敵がそれを踏んづけた、その瞬間……。

俺の目の前に、巨神兵がテレポートしてきたのだ。

『ＯＯＯＯＯＯＯＯＯＯＨＯＯＯＯＯＯＯＯＯＯＯＯＯＯ！！！！』

『転移結晶っすか⁉』

そのとおり。

王都内に転移結晶を置いて、踏んづけると転移が発動するトラップを作っておいた。

で、巨神兵はトラップを踏んで……。

俺が仕掛けた、第二の罠の上に、墜ちてきたのだ。

巨神兵は地面を踏んづけようとするも……。

ズボッ……！

ずずずずずずずずずずずずずずずずずずずずずずずずずずずず！

「どうだい、底なし沼トラップは」

平原の地面を、超錬成を使って、底なし沼に変えたのだ。

巨神兵はそのまま沈んでいく。

あがけばあがくほど沈んでいく仕組みだ。

『これ、町中でもできたんじゃないっすか？』

「え、そんなことしたら、王都の建物まで沈んじまうだろ？」

『どこまでも物を大切にするんすね……』

当たり前だ。俺は物を粗末にするやつが大嫌いだからな。

アクア・テールを呪物に変えたやつは、絶対に許せない。

物を幸せにするんじゃなくて、不幸にするやつは……まじで、この手でぶん殴ってやる。

さて、巨神兵は自重で底なし沼へ、ものすごい速度で墜ちていくって寸法だ。

人間と違って巨人はデカくて重いからな。

あっという間に、見えなくなった。

『って！　駄目じゃないっすか！　水の勇者さんが死んじゃうっすよ！！！』

上空では竜の姿をした魔神ロウリィちゃんが眼下の様子を見ながら叫ぶ。

たしかに、巨神兵と勇者ペルシャは同化しちまってる。

このままじゃ彼女まで沈んでいってしまう……と思うだろ？

そろそろかな……？　沼の中から、ぼこ……ボコここ……！　と気泡が浮かんできた。

「がはっ！　はぁ……！　はぁ……！」

猫の獣人が浮かび上がってきたのだ！

『あれは……？』

「水の勇者だよ」

『んな!?　何が起きてるんすか!?　どうして勇者さんだけ……？』

俺は■《ボックス》から、銃を取り出す。

「これは帝国で開発された銃を、俺が改造した【因果逆転銃】だ」

狙った場所に、必ず銃弾を当てる魔道具である。

「で、仕掛けはこの銃弾にある」

俺は沼に向かって銃弾を撃つ。すると沼の中から、浮き輪がボコッと出てきた。

「物質を圧縮して作られた銃弾だ。一定時間が経つと元の物体に戻る。変化弾、とでもいえばいいかな」

巨神兵が沼に墜ちる前に、因果逆転銃を使って変化弾を打ち込んだ。

変化弾は沼の中で浮き輪に変わり、ペルシャの体にくっついた。

あとは浮力で、浮き輪にくっついたペルシャだけが浮き上がってきた……という仕組みだ。
■《ボックス》から鉤爪ロープを取り出し、浮き輪に向かって投げる。
鉤爪が浮き輪にひっかかったのを確認してから、ロープを引き寄せる。

ペルシャは気を失ってるだけだ。

「良かった。助かったみたいで」

『やったっすね！　これで巨神兵だけが沼の下！　ペルシャさんは救出できて、万々歳！　これで終わりっすね！』

そのときだった。

ゴバァアアアアアアアアアア！

と音を立てながら、沼の下から、何かが突き出てくる。

『んな⁉　巨大な槍⁉』

呪具化したアクア・テールが、沼の下から飛び出てきた。

なるほど……巨神兵は片付けた。ペルシャは救出した。

しかし……呪具となったアクア・テールは、まだそのままだ。

『どど、どうするんすか⁉』

「決まってんだろ。壊れた物を直すんだよ」

《ポロ Side》

ヴィルが水の勇者と戦っていた一方、その頃……。

ポロと王女ラグドールは、被災した住民たちのケアをしていた。

夜空が、怪我人を光の聖剣で治す。

……本来なら、ヴィルからその仕事を任されたのはポロだった。

しかしポロはどういうわけか、ルクスから今、嫌われてしまってる。

……役立たずと言われたくなかったので、ポロはそれ以外の部分で役に立とうとする。

「次はあそこの村ですわ！」

「……はい」

ポロは考えていた。なぜ自分ではルクスを使いこなせなかったのか。

ヴィルはどうして夜空を使うことを封印したのか。

わからない……。ポロは余計なことを考えないように努めた。

ただ、手を動かす。がれきをどかし、下敷きになっていた獣人たちを助ける。

どける、どける、どける……。とにかく、今は体を動かそうと思った。

立ち止まったらきっと、色々余計なことを考えてしまうから。

「あのあのっ」

獣人の子が、ポロの手を引いて言う。

「ありがとー！」

……ありがとう？　そんな感謝されることをしただろうか。

ただポロは、考えないようにするため、体を動かしていただけだ。

「ありがとねえ」「お姉ちゃん力持ちだね！」「がれきをどけてくれてありがとう！」

……みな、ポロに感謝していた。でもポロは気まずくて、目を合わせられなかった。

所詮は、他に何もすることができなかったから。

考えないようにするための、行為だったから。

お礼なんて辞めてほしい。賞賛なんて要らない。

ポロは獣人たちを助けながら、体を動かし続ける。

ほどなくして、ポロは被災した獣人たちを、安全な場所へと移動させていた。

「これで、周辺の村は全て回りましたわ」

ラグドールの助けもあって、救助はすべて終わった。

ほっ……とポロが安堵の息をつく。

ヴィルに与えられしミッションを無事に終わらせることができた……。

と思ったそのときだ。

――けて、助けて！！！

ポロの耳に、子供の悲鳴が聞こえたのだ。彼女は知らず、走り出していた。

「ポロさん⁉」

「え……？」

自分でも、どうして走っているのかわからなかった。

でも……あの声を聞いたとき、いてもたってもいられなくなったのだ。

やがてポロは、大きな川へたどり着く。

大雨のせいで増水し、濁流が止めどなく流れている。

「あぶ……たす……たすけ……」

……川の中で助けを求める獣人の少女。

その姿に、ポロは在りし日の自分と重ねてしまう。

奴隷商人に連れて行かれる自分。

母を助けてと、懇願しても、誰も助けてくれなかった。

……そんな弱い自分の姿が、助けを求める少女とかぶる。

気づけば、ポロは急いで川の中に飛び込んでいた。

「何やってるの……⁉」

ポロはものすごい速さで子供を回収し、叱りつける。

「ご、ごめんなさい……でも、チャコが……」

「チャコ？」

「子猫……」

だが周りに子猫らしき姿はない。

「沈んじゃったんだよぉ……」

この、濁流の中に？　無理だ。中に入っても視界は不明瞭。

とてもじゃないが、子猫を助けることはできない。

「チャコ……チャコぉ……」

……止めてくれ。ポロは叫びそうになる。

助けを求めないでくれ。……それが、全部自分に見えてしまう。

「いったん出るわよ」

「！　でもチャコが……」

「良いから！」

ポロは少女を抱きかかえて、いったん川の外へ出る。

少女を下ろしたあと……。ポロは、再び濁った川の中へと飛び込む。

「お姉ちゃん！」

まったく、自分は何をしてるのだ。泣いてる子供と自分は違うだろうに。

……でも、気づいたら助け出そうとしていたのだ。

荒れ狂う水の流れの中で、ポロの鋭敏な聴覚は、子猫の鳴き声をとらえていた。

ポロは急いで子猫のもとへ泳いで行く。

抱きかかえるも、しかし流れが激しすぎて、川の外に顔を出せない。

……終わった。ポロは諦めようとする。だが……胸の中に抱いてる、子猫。

この子を、外にいる女の子が待っている。この子だけでも……助けたい。

何でこんな必死なんだろう。……簡単だ。昔、誰も自分を助けてくれなかった。

そんな世界を憎んでいた。だから……。

「げほっ！　げほ……げほ……おええええ！」

気づけば、ポロは川の外に出ていた。

「お姉ちゃん！」

少女が駆け寄ってくる。ポロは何が起きたのか理解できなかった。

でも、胸の中で子猫がえずいてる。……生きてる。子猫を助けることができたんだ。

ポロは子供に、子猫を預ける。

「もう……逃がしちゃ、だめ。わかった？」

「うん！　ありがとう！」

ポロは肩で息をする。

その手に……いつの間にか光の聖剣が握られていた。

「どう……して……ルクスが……？」

濁流はいつの間にか、静かな川の流れへと変わっていた。

おそらく、ルクスが力を使ったのだろう。でも解せない。ルクスは使い手がいて初めて、再生の力が使える……はず。夜空が使ったのだろうか。

『まーま！　いまのまーま、べりーぐー！』

手の中で、ルクスが意味のわからないことを言う。

もう……わけわからん、と彼女は意識を手放す。

「お姉ちゃん！」『まーま！』

……ほんと、最悪だった。雨だし、色々上手くいかなかったし。

……それでも、人を助けて、悪い気はしなかった。

《ヴィル Side》

俺は獣人国の王都郊外にて、呪物となった水の聖剣アクア・テールと相対してる。

さっきまで巨神兵の手の中にあった大きな槍は、形を換えていた。

それは一本の長い、巨大な蜻蛉《とんぼ》だ。それを見て、ロウリィちゃんは叫ぶ。

『とんぼっす！』

「ああ。おそらく、アクア・テール全体が付喪神《つくもがみ》となったんだろう」

付喪神《つくもがみ》。

それは、七福塵《しちふくじん》の作る、人格を持つ呪いのアイテムだ。

『ぶぶぶっ！　そのとおり！　付喪神《つくもがみ》が一柱《ひとはしら》！　水龍蜻蛉《ドラ・ドラフライ》とは俺様のことよ！　ブブブ！』

なんという……ダサいネーミングだ。作ったやつに愛を感じねえ。

「そいつは、そんなくそダサネームの武器じゃない。アクア・テールだ」

『ぶぶぶ！　ばかが。今はこの聖剣は俺様のもんよ！』

「元の人格は？」

『俺様の中で沈んでいる！　さぁヴィル・クラフト！　アクア・テールを壊さず、俺様だけを破壊できるかなぁ！』

どうやら付喪神《つくもがみ》のやろう、聖剣に寄生して、同化してやがる。

でかい水の蜻蛉《とんぼ》の尻尾には、赤黒い結晶体が見える。あれが核だ。

アレを壊せば良い……だが。

『ブブブン！　俺様の素早さについてこれるかなぁ……!?』

超高速で飛翔する蜻蛉《とんぼ》。ロウリィちゃんも、そして俺も目で追うことはできない。

ざしゅっ、とロウリィちゃんの翼をかみちぎっていった。

「大丈夫か、ロウリィちゃん」

『これくらいへでもねーっすよ！』

ロウリィちゃんは魔神だから、通常の人間よりは頑丈だ。

しかしこれを続けられると厄介である。……よし。

「そい！」

俺はロウリィちゃんの背中の上で、ハンマーを振る。

スカッ……！

『ぶぶぶぶーん！　どこを狙ってるんだぁ!?』

高速飛翔、だが目で追えない俺には、ハンマーが当たることはない。

ぶん、ぶん……！　とハンマーが空を切る。

『闇雲に戦ってもだめっすよ！　もっと作戦を練らないと！』

「作戦……？　そんなもの作っても面白くないだろ？」

『おも……え、ええ!?　何言ってんすかこの状況で!?』

俺は敵の姿、そしてこの状況から、インスピレーションを得ていた。

蜻蛉《とんぼ》が縦横無尽に飛び回り、じりじりとロウリィちゃんを削っていく。

修復スキルですぐに治療できるけど……。

『ぶぶぶ！　防戦一方じゃあねえか！』

ふと、俺たちは獣人国王都の外壁のあたりまで、追い詰められていた。

『ああ、もうだめっす……』

「いや、完成だ」

『はえ……？　完成……？』

蜻蛉《とんぼ》のやろうも、ロウリィちゃんも気づいていない様子だが……。

「作品は、もう完成している」

『なにをごちゃごちゃと！　死ねぇえええええええええい！』

蜻蛉《とんぼ》が助走を付けて、俺たちにめがけて突っ込んでこようとする……。

そのときだ。ぐしゃあ！　と蜻蛉《とんぼ》の顔がいきなりひしゃげたのだ。

『な⁉　なんだこれは⁉　なにか……固いモノが！』

蜻蛉《とんぼ》のやつは、やっと気づいたようだ。

「どうだい、俺の作品はよ」

蜻蛉《とんぼ》が顔面を潰されたことにより、吹き出た血が、【それ】を汚す。

『⁉　あ、あれは……なんすか？　壁……？』

「いいや、違うよ。お城さ」

『城ぉおおおお⁉』

蜻蛉《とんぼ》のやつは俺らより目が多いからか、早めに気づいた様子。

『ここに……ある！　城だ！　透明な城が、俺様を取り囲んでいる！！！　まるで、牢獄のように！』

そう……！　これが俺の、新しい作品だ。

「空気のブロックを飛ばして、積んで、作ったのさ。巨大な空気の城をな」

目をよぉくこらせば見えるのだ。獣人国の城に負けないくらい、立派なお城が。

その中に蜻蛉《とんぼ》のやつを完全に閉じ込めている。

「いくらおまえが速く飛び回ろうと、その中じゃ自由に動けないだろう」

『まさかおまえ！　ハンマーをぶんぶんと無意味に振り回していたんじゃなく！　戦闘中に城を作ってたのか⁉』

「そのとおりさ」

『なんつー余裕っす……』

ロウリィちゃんがあきれている。

まあ壊そうと思えば、万物破壊で一発でぶっ壊せる。でも、そんなことはしない。

水の聖剣アクア・テールは、勇者ペルシャの相棒だからな。

俺は、呪物だけを壊す策として、この空気のお城を作ったのである。

『へ、へん！　だからどうした!?　閉じ込めただけじゃないか！　俺様はまだ生きてるぞ！』

「いや、もう詰みだよ」

俺は■《ボックス》の中から、マッチを取り出す。

しゅっ、と棒をこすって、そして空気の城へと投げ入れる。

すると、城の内部で業火があがる。

『ぎゃぁああああああああああああああああああああ！』

「アクア・テールは水の聖剣。炎には強い……だが、呪物化させている、核の部分は違う」

水の素材で作られてるアクア・テールとちがって、核は炎に弱い別の素材でできている。

ならば、一気に燃やせば、核だけを燃やし尽くせる。

『だせえ！　だぁせえええええええええええええ！』

「無駄だよ」

空気の城には、燃焼に必要な酸素がごまんとある。

炎は酸素を大量に食らって、激しく燃え上がる。

それでもアクア・テールは燃えることがない。

……付喪神《つくもがみ》だけが、ドロドロに溶けて……やがて一本の水の槍となった。

からん、と地面に倒れる。

俺は、もったいなさを感じながらも、空気のお城を壊した。

ああ……もったいない……でもまあ、敵を倒すという目的を達成できたのだ、城も喜んでいることだろう。それに、美しい城を作れて満足だ。

さて……。

「大丈夫かい、アクア・テール」

『う、うん……ごめんね、ヴィル……助けてくれてありがとう』

アクア・テールには傷一つついていない。

溶けてる箇所もない。よし。

「うん、無事で良かったよ」

★

槍の形をしたアクア・テールを手に、俺は勇者ペルシャのもとへ向かう。

「おーい、ペルシャ様～」

「う、うう……」

ペルシャは俺の作った簡易シェルター（森の木を超錬成して作った）の中にいる。

巨神兵から救助したあと、ここに寝かしつけておいたのだ。

「はっ！　ヴィル！」

「ひさしぶり、ペルシャ様」

彼女とは昔なじみだ。聖剣のメンテナンスのときに、何度も顔を合わせている。

「アクアは⁉」

「問題ないよ。ほら」

俺はすっかり元通りに直った、水の聖剣アクア・テールを、ペルシャに渡す。

彼女はパァ……！　と笑顔になると、アクア・テールを抱きしめる。

「良かった……アクア……無事で……」

『あたしもごめんね、ペルシャ……』

「ううん、こっちもごめんなさいね。力不足で……」

うんうん、感動の再会だ。良かった、アクアもペルシャも無事でさ。

「ヴィル……！　そうです、王都は⁉　国はどうなってますか⁉」

「そっちも問題ないよ」

「いいや、大丈夫さ」

「で、ですが……わたしが暴れ回ったせいで、国は崩壊寸前では……」

俺はシェルターの外に出る。外では、ロウリィちゃんが待っていた。

『あ、無事だったんすね。女王様』

「おうよ。ロウリィちゃん、背中に俺ら乗せてくんない？　最後の仕上げするから」

俺はペルシャといっしょに、ロウリィちゃんの背中の上に乗る。

ばさっ、とロウリィちゃんが翼を広げて飛ぶ。俺たちがいるのは王都郊外。

王都の街は、たしかにペルシャが生やした木の化け物のせいで、穴ぼこだらけだ。

美しい王都の町並みが、傷付いてる姿に、ペルシャが心を痛めている。

俺はそんな女王様の頭をなでる。

「大丈夫。あんたの優秀な娘さんが、王都民はみんな避難させてたよ」

「！　ラグドールが！　あの子……いつの間に成長して……」

そもそも助けを呼びに来たのもラグドールだからな。

あいつはやるやつだ。

「でも……王都の街が」

「それこそ問題ないよ」

俺は神鎚《しんつい》ミョルニルを手に取る。すると上空に、巨大な魔法陣が出現。

よく見ると、地上では小さな魔法陣がいくつも浮かんでいる。

壊れた建物の上に、いくつもだ。

「そんで……全修復！」

かつん、と俺は大きな魔法陣を叩く。すると一気に、壊れた建物が一瞬で元通りになったのだ。

「す、すごいです……！　ハンマーの一振りで、崩壊した王都が一瞬で直ってしまいました！」

『な、なんか前よりパワーアップしてるっすね……。前は一つずつ直す物を叩かないといけなかったのに』

俺もいくつも神器《じんぎ》を作ったことで、神器《じんぎ》の扱い方（知識）も、前より深くなった。

神鎚《しんつい》ミョルニル。

「ガンコジーさんからもらったこの神器《じんぎ》は、効果を拡張させることができるらしいんだ」

『なるほど……神器《じんぎ》を作った経験から、神器《じんぎ》への理解も深まったんすね。さすがっす』

ま、何はともあれ、これで一件落着っと。

《ポロ Side》

ヴィルが破壊された王都を、修復した、一方その頃。
避難所となってる、ヴィルの建てたシェルター付近にて。
「くっ！　数が多いのじゃ！」
「です……ね！」
闇の聖剣、夜空とともに、ポロが戦っていた。
彼女たちの前には、植物型のモンスターが無数にいる。
敵を倒しても次から次へと湧いてくるモンスターたち。
しかし二人は攻撃を止めない。
シェルターの中には、王都近辺の村から移動してきた獣人がいる。
彼らを守りたいから、という崇高な理念から、ポロは戦ってはいなかった。
ただ、ヴィルから村人の避難を任されたから、彼女はその拳を振る。
今、彼女はたくさんの悩みを抱えている。
でも……それはいったん脇へ置いていた。
彼女は戦う。ヴィルから与えられたミッションをこなすため。
「ポロさん！　頑張ってくださいまし！」
シェルターの中から、自分を応援してくれる……王女ラグドールの声。
それらがポロの背中を押している。

「ぜえ……はあ……でやぁああああああああああ！」

ポロは拳を振る。武器を装備してはいない。

光の聖剣ルクスはラグドールにあずけている。彼女が振るうのは己の拳。

「はあ……はあ……はあ……」

巨大な死喰い花《デス・プラント》と、人面樹が次々襲いかかってくる。

正直、もうヘロヘロだ。

「がんばってくださいましー！」「がんばれー！」「おねえちゃーん！　ふぁいとー！」

……それでも不思議と、敵に立ち向かうことができた。

いや、本当はしゃがみ込んで、倒れてしまいたい。でも……。

「なぜじゃ……？」

となりで背中を合わせて戦ってる、夜空が尋ねてくる。

彼女は人間の姿で、手刀を使って敵を切り刻んでいる。

「なぜ立ち向かう？　なぜ座り込まない？」

……そんなときではないだろうに。どうして質問してくるのだろう。

「……後ろの、連中の声援が、私に……楽させてくれないの……です」

倒れそうになるたび、後ろから声援が聞こえてくる。

立たないと、立ち向かわないと、と思うのだ。

にや……と夜空が笑う。

「その意気やよし！　ポロ！　ゆくぞ！」

夜空の体が光ると、形を変える。

ポロの手には黒い刀……聖剣夜空が握られる。
『我を抜け！　ポロ！』
……抜けだって？　でも、ヴィルにつけられた封印の鎖があって、引き抜けないはず。
『そんなものは気にするな！　剣を抜け！』
……なんなんだ、本当に。ヴィルも、夜空も。
ヴィルは今のポロには剣は使えないと言った。
夜空も、今のポロには使われたくないと……言った。
なのに今度は、夜空が抜けと言ってくる。
「ほんと……勝手……なんだから！」
人面樹と死喰い花《デス・プラント》の波が押し寄せてくる。これが最後とばかりに。
ポロは剣を構えて、引き抜いた。その勢いのまま剣を振る。
「でえええええやぁああああああああああああああああああああ！」
闇の聖剣の特性は、文字通り闇。
全てを飲み込む強大な力。
以前のポロは、剣を振るっても、その一割程度の力しか引き出せなかった。
斬撃は三日月程度の、空間の裂け目しか生まなかった。だが今は、違う。
「!?　お、おっきい……！」
三日月だった空間の裂け目は、半月状へと、形を変えていた。
それは今までよりもたくさんのモンスターを、空間の中に吸い込んでいく。
やがて……大量にいたモンスターたちは、全て……消え去った。

「はっ……！　ハッ……！　ハッ……！」

どさり、とポロがその場に倒れ伏す。

「ポロさん！！！！」

「らぐ……どーる……」

ラグドールが涙を浮かべながら、ポロに近寄り、そして抱きつく。

「ありがとう……！　わたくしたちを助けてくれて！　闇の勇者……ポロ様！」

……はは、何が勇者だ。自分なんて……まだまだだ……。

でもラグドールの、そしてシェルターの中にいた獣人たちの笑顔を見ていたら……。

なんだか、とても気分が良くなった。

「見て！　雨が止んだよ！」

今まで国を覆っていた雨雲が、徐々に消えていく。

さっきは少しだけ空いていた雲の切れ間……。

しかし今は、完全に、青空が広がっている。

「おーい！　みんなー！」

青空の上には、白い竜がいた。その背中にはヴィルと、そしてドレスを着た獣人。

「ヴィル様！　お母様ぁ！！！！」

……ポロは全てを理解する。ヴィルが、問題を解決したのだと。

良かった……とポロはつぶやく。

「私……やりきったんですね……」

『うむ、そうじゃ！　立派だったぞ、ポロよ！』

夜空が褒めてくれた。ヴィルも笑っている。

……きっと、ヴィル様も褒めてくれるよね？

そう思ったら安心して、ポロは気を失うのだった。

★

「ん……ここは……？」

ポロが目を覚ます。知らない天井が目の前に広がっている。誰かの手のぬくもりを感じた。

「あ……ラグドール……王女」

水の勇者ペルシャの娘、ラグドールがベッド脇で突っ伏していた。

「ラグドールはずっと、おまえの手ぇ握っててくれたぞ」

ヴィルがいつもどおり、朗らかな笑みを浮かべる。

ここがどこで、今がいつなのかわからなくて、一瞬だけ混乱したものの……。

ヴィルの、敬愛すべき人物の笑みを見れて、心が落ち着いた。

「ここはどこでしょうか？」

「ネログーマ王都、エヴァシマの中にある病院だよ。あ、大丈夫。怪我はしてないよ。疲労がピークに達したんだろう」

ヴィルは簡単に、あのあとの顛末を語ってくれた。壊れた王都は、ヴィルのスキルで元通り。

怪我人も、ヴィルのスキルで全員無事。

なんだか、むなしさのようなものが胸に去来した。

心の変化が顔に出ていたのか、ヴィルが尋ねてくる。

「どうしたよ？」

そう言われて、すぐに言葉が出なかった。

遠回しに、尊敬するヴィルを非難することになるんじゃないかと思ったのだ。

「言いたいことがあるんだったら、言ってみ？」

ヴィルはずっと穏やかな表情のままである。

この人が怒ってるところをほとんど見たことがなかった。

ものが粗末に扱われるときだけ、彼は激高する。

彼ならば、自分の言葉を受け止めてくれる。そう思って、ポロは口にする。

「……私って……必要だったでしょうか？」

根源的な質問だった。壊れた街も、暴走する敵も、ヴィルがいれば全て解決できた。

怪我人だって、ヴィルが治してしまったのだ。

なら……自分がいることに、何か意味があったのだろうか？

「私は……ヴィル様に比べたら力も弱いし、あなたのように特別なスキルがあるわけでもない。ただ……ヴィル様に聖剣を貸してもらってるだけの、ただの獣人です」

唯一無二のヴィルと違って、自分の代わりはいくらでもいる。

光、闇の聖剣は、ヴィルが仕立てた、誰でも使える剣なのだから。

あの場に別に自分がいなくても、良かったのではないか……と。

なんだったらヴィルがいるんだから、自分は不要だったのでは……。

「そんなことないよ」

ヴィルは微笑んで、頭をなでる。

「不必要なんてことはない。おまえがいたから、戦いに集中できた。おまえがいたから、街の人たちを守れた」

「でも……でもヴィル様でも、良かったのでは……？」

「いーや、俺じゃ駄目だったよ。見てごらん？」

ポロはベッド脇に、サイドテーブルが置いてあることに気づく。

そしてテーブルの上には、たくさんのお見舞いの品がメッセージとともに置いてあった。

そのどれにも、ポロに対する感謝の言葉しか書いていない。

「街の人たちにとって、今回の一番の功労者はさ。巨神兵やっつけたり、街直したりした俺じゃなくて……みんなを敵から守ってくれた、ポロ……おまえなんだよ」

ポロは恐る恐る、ベッド脇に置いてあった手紙を手に取る。

『ありがとう、ゆーしゃさまっ』

……ぽた、ぽた……とポロの頬を涙が伝う。

自分の頑張りが、無駄じゃなかった。

自分の戦いには、意味があったのだと、ヴィルの言葉でようやく実感できた。

「う……うう……ううう……」

ぽん、とヴィルはポロの肩を叩く。

「よく頑張った。ありがとう。今回のＭＶＰは、間違いなくおまえさ。俺はただ壊して、直しただけ。救ったのは……ポロ、おまえだ」

「あ……あり……ありがとう……ござい……ます……」

ヴィルがうなずいて、ポロの頭をくしゃくしゃとなでる。

「今はゆっくり寝て、気力を回復させな」

「はい……！」

ポロがうなずくと……。

「ポロさん！」

ラグドールがちょうど目を覚ましたようだ。

彼女はきゅっ、とポロの体に抱きつく。

「急に倒れたから、とても心配しましたわ！」

……一緒に活動して、励ましてくれた、この王女のことを愛おしく感じていた。

ポロはきゅっと抱きしめ返して、言う。

「大丈夫だよ……ラグドール。一緒にみんなを助けるの、手伝ってくれて……どうもありがとう」

そばにいてくれたのに、一度も言ってなかったお礼を、彼女が口にする。

ラグドールは目を丸くしたあと、花が咲くような笑みを浮かべて、抱きしめてきた。

ポロはまだ、自分が特別で、唯一であるとは思えなかった。

自分に自信が持てないでいる。

でも……今回のことで少しだけ、自分にも、価値があるんじゃないかって……。

ほんの少しだけ、そう思えるようになったのだった。

《七福塵《しちふくじん》Side》

時は少し戻り、ヴィルが異形化した水の勇者と戦ったあと……。

「いいねえいいねえ八宝斎《はっぽうさい》……！　最高さ……！」

七福塵《しちふくじん》はヴィルたちの戦いを見ていた。

彼がいるのはヴィルがいる場所から馬車で半日ほど離れている場所。

大樹の先端に片足で立っている。到底、ヴィルの戦いを見られる位置にはいないのだが……。

ぱたぱた……と、彼の近くに、翼の生えた目玉モンスターが飛んでくる。

七福塵《しちふくじん》は目玉モンスターを手に取って、自分の右目にずぶり……と嵌める。

「いやそれにしても素晴らしい！　特に、壊れた街を一瞬で直したところなんて！　おれの思い描く八宝斎《はっぽうさい》そのものじゃあないか！」

うんうん、と満足そうにうなずいて、拍手する。

「この調子で、ドンドン成長していっておくれよ、八宝斎《はっぽうさい》！」

と、そのときである。

「だーれだっ♡」

七福塵《しちふくじん》の背後から、抱きついて、そして目を隠してきたのである。

「ヒントはぁ～？　パパの娘っ♡　きゃっ、そこまで言えばわかるよねぇ～？」

「誰だ？」

「んも～。忘れちゃったの～？」

ぱっ、と手が外される。

七福塵《しちふくじん》が背後を見ると……。

「ぼくだよ、ぼーく♡」

そこにいたのは、麗しの美少女だ。白い肌に、真っ白な髪の毛。目は血のように赤い。

ツインテールに、露出の激しいコスチューム。

「おまえは……」

「そうそう、ぼくだよパパッ♡」

七福塵《しちふくじん》を父と呼ぶ……この女の正体は……。

「ふむ？　いや、誰だおまえは？」

……七福塵《しちふくじん》は本気で覚えていないらしく、首をかしげる。

「も、もー！　パパったらぁ、冗談きっついよ！　ぼくだよぼく！」

「ふむ……いや、わからんな。というかパパとか気安く呼ぶのは止めろ。おれは君を知らない」

「…………それ、ガチで言ってんの？」

先ほどまでの、七福塵《しちふくじん》に向けるフレンドリーな笑みは消え……。

今、彼女の表情は、憤怒の形相へと変化していた。

しかし激しい怒りを向けられても、七福塵《しちふくじん》はのんきに首をかしげる。

「ぼくは……パパが生みだした子供なんだよ？」

「子供なんていたか？　そもそも女と付き合ったことも寝たことも、一度もないのだが？」

「…………」

ごごごごお……と娘の体から黒いオーラが噴き荒れる。

「ぼくを生んでおいて……ぼくを忘れる……？　ふざけるな……ふざけるなよ！　ぼくを愛してるって言ったくせにぃいいいいいい！」

少女はすごい勢いで七福塵《しちふくじん》へ接近する。ここまで０・１秒。

彼女は当然のように空中で飛び上がり、足を振り上げて、まるで鎚のように、父の頭を蹴り飛ばす。ずがぁん！　という音とともに父が地面へと落下。

落ちた父の頭を、何度も何度も踏みつける！

「ぼくは！　ぼくは！　パパの一番なんだ！　一番だって言ってくれた！　一番だって！　あれは嘘だったの!?　ねえ!?」

何度も何度も父を踏み潰す……。やがて、目の前にいた元父が、ぐしゃぐしゃの肉塊へと変貌した……。

「うう……ぱぱ……なんでぇ……なんで忘れちゃったのぉ……」

と、そのときだった。

「【ウィニー】」

振り返ると、五体満足な父がいた。

「そう、そうだ。ウィニーだ！　一〇〇年前におれが作り出した」

父は死んだはず。たった今、父を殺したというのに、殺したいほど、憎かったというのに……。

「ぱ〜〜〜〜〜〜〜〜〜ぱっ！」

少女……ウィニーは笑顔になると、父親に飛びつく。

そして苛烈《かれつ》なキスを浴びせる。

「そうだよっ！　ウィニーだよっ！　ぱぱっ！　ぱぱっ！　思い出してくれたんだねぇ」

……先ほど父を殺した人物とは到底思えないほどの、変貌っぷりだった。

「うんうん、そうだったな。おまえはウィニー。八宝斎《はっぽうさい》第1878218782375 64号だ」

「ふふふっ♡　パパがぼくを思い出してくれた～♡　うれし～♡」

ちゅっちゅ、とウィニーが七福塵《しちふくじん》の頬にキスをする。

「ねーえ、パパ。さっき何見ていたの？」

「ん？　八宝斎《はっぽうさい》。おれの今のところの最高傑作だ」

父親の頭をつかんで、ウィニーが握りつぶす。ぐしゃあ……という音とともに、父が死ぬ。

「おいおいウィニー。酷いじゃないか」

振り返るとまた、父親が無傷で立っている。

ウィニーは額に血管を浮かべていた。

「最高傑作は、ぼくでしょ⁉」

「おいおい、いつの話をしてるんだ、ウィニー。おまえが最高傑作だったのは、100年前だよ。今は彼、ヴィルが最高傑作だ」

「ふざけんなっっっっっっっっっっっっっっっっっ！！！！！！」

ぎりぎり……と歯がみして、ウィニーが叫ぶ。

「ぼくが……ぼくこそが！　パパの最高傑作！　あんな冴えない男の、どこが⁉　いったいどこが最高だって言うの⁉」

激しい怒りをぶつけられても、七福塵《しちふくじん》はどこ吹く風。

「やれやれ。しょせん、作品《こども》に、作者《おや》の気持ちはわからないか」

ぶちっと切れると、ウィニーはきびすを返してその場をあとにする。

「どこへ行くんだい、ウィニー」

「決まってるでしょ？　パパの作品を、ぐっちゃぐちゃにしてやる」

作ったものを壊すというのに、七福塵《しちふくじん》は楽しそうに笑う。

「はは、そうかい。やってみるがいい。おまえもそうすればわかるだろう。おれの人生をかけた傑作が、いかに素晴らしいかを」

「ふんっ！　なにが傑作だよ！　ぼくが、このウィニーこそが！　作者《ぱぱ》の最高傑作《まなむすめ》なんだからね！」

フッ……とウィニーが消える。

七福塵《しちふくじん》はクツクツと笑うと、自分の右目をえぐり取る。

目玉は翼を生やし、そしてパタパタと飛んでどこかへと行く。

「ふふ……作品が作者の手を離れて勝手に動き出す瞬間は、いついかなるときでも……心が躍るなぁ！」

《ポロ Side》

獣人国王都に滞在中のヴィルたち。ポロは毎朝、木刀を片手に、自主練をしている。何度も、剣を振る。

正直昔と今と何も変わってるようには思えなかった。

けれど、獣人たちから、勇者と呼ばれた。

……勇者。そもそも勇者って何だ？　何を以て勇者と言えるのだろう。

聖剣が使えることだろうか。

いや……夜空もルクスも、ヴィルが手がけた、誰でも使える武器だ。

聖剣の所有権の有無は関係ないだろう。

ならば、何なんだ。勇者と呼ばれるゆえんは。

「朝から精が出ますね」

「！　……ペルシャ様」

獣人の女王にして、水の勇者ペルシャ。彼女が微笑みながら近づいてくる。

「朝練ですか？」

「はい……ペルシャ様は？」

「朝の散歩です。……というのはウソで、思い詰めたあなたが、外へ出て行くのが見えたので」

心配してくれたということだろうか。

恩人《ヴィル》の付き人なのだから、気にしてくれたのだろう。

目の前に、勇者とは何かを知っている人がいる。

ポロは……答えを知りたかった。

「あの……ペルシャ様。勇者って……何だと思いますか？」

するとペルシャがすっ、と目を細めたあとに……。

「なるほど、心に迷いがあるのですね」

こくんとうなずくと、ペルシャが微笑む。

「言葉で言ってわかるものではありませんよ。自分で気づかないと」

「そう……ですよね」

はぐらかされた。意地悪で言わないわけでは、ないのだろうけども……。

するとペルシャが微笑み、右手を掲げる。

彼女の腕輪が変形して、水の槍となった。

「勇者とは何かを教えるのは難しいですが、勇者の力を示すことはできます。手合わせしてみますか？」

……たしかに自分はまだまだ、勇者に関して知らないことばかりだ。

ならば、本物の勇者と戦って、勇者とはどういうものなのか、その一端で良いから、知りたいと思った。

「ご教授……お願いします」

《ヴィル Side》

俺は王城外壁の上から、ポロとペルシャの訓練を見守っていた。

「うんうん、いいぞポロ」

『何をやっておるのじゃ、主よ？』

俺の腰には闇の聖剣、夜空が装着されてる。

ルクスは王城（俺たちは城に泊まらせてもらってる）で寝てる。

「いやなに、ポロが朝から外へ行くからさ、どうしたんだと思ってよ」
■《ボックス》から双眼鏡を手に取って、二人の戦いを見ている。

ポロはペルシャに圧倒されている……が。それでも立ち向かおうとしてる。

「あいつ……夜空をちゃんと扱える勇者になろうとして、努力してるんだなぁ」

『うれしそうじゃな？』

「そりゃね」

だって俺の作った武器を使えるよう、真剣に、頑張ってくれてるんだぜ？

武器とはいわば、作者《おや》からしたら、作品《こども》みたいなもんだ。

作り出した作品《こども》に、あんなに真剣に向き合ってくれてるんだぜ……？

「作者冥利に尽きるってもんだろ？」

『ふぅむ……そういうもんかの？』

そのときだった。

「ヴィぃぃいいいいいいるぅううううううううう！！！！」

「うっさい」

ばごん！

「うぎゃぁああ！！！！」

きらん……。

『わ、我が創造主よ……なんか今、飛んできたような』

「おう？　そうなん？」

俺……双眼鏡を覗いててよくわからなかったけど。

「なんか。うっさいハエ……？　みたいなのが来たから、思わず神鎚《しんつい》ミョルニルで追い払っちまったよ」

双眼鏡から目を離すも、そこにはもう誰もいなかった。

うん、なんもいなかった。

『い、いやでも何かが飛んできてたような……』

「何かって？」

『我には速すぎて目で追えなかったんじゃが……』

「じゃあ……ハエじゃね？」

てゆーか！　ポロが頑張ってる姿を見守ってやらないと。

俺の作品のために、頑張ってるポロのほうが大事だ。頑張れ……ポロ！

『ううむ……なんじゃったんだろうか、さっきの白いの……我の見間違いじゃなかったら、人間だったような気がするんじゃが……』

《ポロ Side》

ポロは水の勇者ペルシャと朝練をしている。

ペルシャの見事な槍さばきに、圧倒されるポロ。

攻撃がまるで通らない。全てを受け流されてしまう。

（どうして……当たらないの？　なにか特別なスキル……？）

わからない……。どうすれば……。

『ポロよ、落ち着くのじゃ』

そのとき、闇の聖剣・夜空の声が聞こえてきた。

気づくと、自分の腰に夜空が戻っていた。

『わからないのであれば、よく、観察するのじゃ』

「観察……」

『ああ。狩りも。敵の動きをよく観察するところからはじまるじゃろう?』

……確かにそうかも知れない。

ポロは奴隷時代、父とよく川に魚を捕りに行ったことがある。

そのとき、自分は全然捕れなくて、逆に父はすごいたくさん捕れていた。

……今にして思えば、父はちゃんと獲物の動きを見ていたと思う。

ただ、がむしゃらにつっこむのではない。

すぅ……はぁ……とポロは呼吸をする。そして……よく見る。

『そうじゃポロ。おぬしの長所は、鋭敏な五感じゃ。獣人であるおぬしは人よりも多くのものが見え、多くの音が聞こえる』

五感に意識を集中させる……。

『ペルシャ、ポロちゃんが集中してきてるわ』

ペルシャの持つ聖剣アクア・テールの声が聞こえる。

「そう……じゃあ今までどおり守ってるだけでは駄目かもね」

『そうね。あたしが隙を見つけて指示するわ』

「おねがいね」

たんっ、とペルシャが地面を蹴って攻めてくる。

ポロの隙を、的確についてきた。だが……それでわかった。

ポロは音を全部拾って、ペルシャの攻撃を避けてみせる。

『よいぞポロ！　その調子じゃ！』

『相手がギアを上げてきたわ！　ペルシャがんば！』

徐々に、ポロはペルシャの刺突をよけ、捌けるようになる。

やがて疲労がたまったのか、ペルシャの動きが鈍くなってきた。

『今じゃ……！』

夜空の後押しもあって、ポロは接近し、そして一本……入れる。

がくん、とペルシャがその場に膝をつく。

「はぁ……はぁ……か、勝った……？」

「ええ、見事だわ、ポロさん」

にこっ、とペルシャが微笑む。

するとアクア・テールが不満そうに言う。

『スキル使えば全然勝てたのにっ。てゆーか、あなたは待ちの戦法が得意なのに、どうしてツッコんだわけ？』

……どうやら手心を加えてもらってたようだ。

ポロはぺこりと頭を下げる。

「ご指導、ありがとうございました！」

そう……ペルシャは自分に道を示してくれていたのだ。

「何かわかった？」

「はい……聖剣の使い手は、聖剣の声を聞き、一心同体となって戦ってるんだと」

前のポロにはなかったものだ。

自分のやりたいように、剣を振るい、前しか見ていなかった。

でもペルシャとアクア・テールは違った。

二人で相談しながら、戦っていた。

意思のある武器を持つ者の、最大のアドバンテージが何かを、戦いを通して教えてくれたのだ。忙しいだろうに、こんな小娘のために……。

だから……感謝の意を示すため、ポロは頭を下げたのである。

「ポロさん。何か、迷ってることがあるのは、剣を通して伝わってきました。ですが……」

ペルシャは微笑みながら、彼女の手を握り言う。

「大丈夫、あなたはとっても大きな才能を秘めております。どうか、その才能におごることなく、正道を征くことを、期待します」

最後に、技術指導だけでなく、心意気までも教えてもらった。

ポロはまた、自然に頭を下げたのだった。

★

ペルシャに稽古をつけてもらったあと……。

ポロはラグドールとともに、獣人国の中を歩いていた。

「まだこの辺は、アクア・テールの影響が残っていますね」

水の聖剣の効果で、植物が過剰増殖した。

もとより獣人国は緑豊かな土地であったが、さらにすごいことになっている。

ジャングルを抜けていくと、そこには一つの村があった。

「王女様！」「勇者様も！」

ヴィルとペルシャが戦っている間、ポロはラグドールとともに、周辺住人の避難を行った。

そのときに訪れた村の一つだ。

ポロの登場に、村人たちが笑顔になる。ポロはぺこりと会釈する。

「今日はどうしたのですか？」

「……その」

ポロは口ごもったあとに言う。

「村を、直しに来ました」

植物モンスターたちが暴れた＋水の聖剣の被害の爪痕は、未だ国中に残っている。

ヴィルと二人手分けして、その壊れた村などを直しているのだ。

「おお、ありがとうございます！　よろしくお願いします！」

村人に頼まれて、ポロは腰のナイフ……光の聖剣ルクスを手に取る。

「すぅ……はぁ……」

……前は、使おうとして使えなかった。

夜空に聖剣《ルクス》を使ってもらうという、なんとも情けない失敗をした。でも……今は違う。

「ルクス……ううん、るーちゃん」

そう……ペルシャから教わったのだ。聖剣使いは、一人で戦うのではないと。自分たちが使う剣には、心があるのだ。

……今にして思えば。ヴィルも同じことを言っていた気がする。物には心があると。

最初、ヴィルの言ってることがまったく理解できなかった。

ちょっと変わってるなこの人と、割と失礼なことを思っていた。

でも今は、ペルシャから教わったことで、理解したのだ。

聖剣だけじゃない、物には、作った人の思いが詰まっている。

しゃべれなくても、人格がなかったとしてもだ。

「私……今、この壊れた村を直したいの。るーちゃん……お願いがあるんだ」

身勝手に使うんじゃなくて、力を、貸してもらう。

ペルシャのように、ヴィルのように。

「この村の困ってる人を、助けたいの。るーちゃん、あなたには、全てを直す力がある。その力を……少しでいいから、貸してちょうだい」

ポロの想いははたして……。

『うん！　もちろんだよ、まーま！』

今まで以上に、ルクスの刃が強く輝く。

それは村を一瞬で包み込むと……あっという間に、村の壊れた物、全てを直した。

それだけじゃない。

「おお！　身体が軽いぞ！」

「なんだか気分がいいぜ！」

なんと、村人たちの不調すら治してしまったのである。

「す、すごいわ、るーちゃん！　まるでヴィル様みたい！」

するとルクスは人の姿になって、ポロに抱きつく。

「るー、すごい！　でも……まーまもすごい！」

「私……？」

「うん！　るー、とてもうれしい！　まーま、うれしい！　だからうれしー！」

何を言ってるのか、ちょっとよくわからなかった……。

でも、ペルシャから学んだことを実践したら、今まで以上の結果を残せた。

「ポロさん。また一つ、強くなれましたね！」

「ラグドールさん……うん！」

村人たちは「ありがとー！」「ありがとう勇者さまぁ！」と感謝の言葉を述べている。

だが……感謝したいのは自分もだ。

力の使い方を教えてくれた、ペルシャ。

そして何より、ルクスを託してくれた、ヴィル。

目を閉じて、感謝し、そして言う。

「ラグドールさん、次の村へ行こう！　まだまだ、困ってる人はたくさんいるだろうから！」

「はい！　行きましょうですわ！」

《ヴィル Side》

俺たちは水の聖剣によって被害を受けた、獣人国を直して回った。

それから数日後。

「本当にありがとうございました」

ペルシャとラグドールが、王都の入り口で俺たちのことを見送りに来てくれた。

「あなたたちが来てくれなかったら、この国は滅亡しておりました。本当に感謝しております」

『ありがとね、二人ともっ』

剣精アクア・テールがペルシャの肩に乗っている。

青い毛皮の小さな狐だ。

「ヴィル様、それにポロさん。お二人は、我が国の救世主ですわ！」

ラグドールが笑顔で言う。

ポロさん……か。

いつの間にか仲良くなってたな、二人とも。

「良いってことよ。俺はただ、壊れたものをメンテしに来ただけさ」

ポロは何か言いかけて、口を閉ざす。

「私は……まだ救世主なんて、呼ばれるほどの人じゃないわ」

また前みたいに暗くなるのかと思いきや、彼女は前を向いて、はっきり言う。

「でもいつか、そう言ってもらえるにふさわしい、立派な人間になるわ」

ポロは意を決したように言う。

俺がちょっと見ない間に、大きく成長したな。

「ポロさん……やっぱり行ってしまうんですね」

ラグドールがさみしそうにつぶやく。

「うん。ごめん、ラグドール。私、やっと目標ができたんだ。立派な、勇者になるって」

……目標。そういえば、ポロは前に復讐とか言っていたはずだ。

「ペルシャ様以外の勇者の人に会って、勇者のなんたるかを学ぶつもり」

「そう……ですの。わかりましたわ。では、これ以上は引き留めません」

「うん、ごめん。でもまた……絶対帰ってくるよ。約束する」

ポロが右手を差し出す。

暗かった表情から一転して、ラグドールがポロの手を握る。

「約束ですわよ！」

別れを済ませたあと、俺たちは国を出発した。

後ろではずっと、ラグドールが俺たちを見送っている。

「立派な勇者になるか……良い目標ができたじゃないか」

となりを歩いてるポロが、尻尾をぱたぱたさせる。

「そ、そうですかね？」

「ああ、復讐なんかより健全で良いと思うね」

ポロの頭をくしゃくしゃとなでる。

前に進めた彼女を、褒めてあげたかったのだ。

「じゃ、次は別の勇者がいるとこ行ってみるか」

「よろしいのですか？　行き先を、私がしたいことに合わせてもらって」

「おうよ。俺はただあちこち放浪したいだけだからな。せっかく目標ができたんだ、そっち優先してこうぜ」

「はい！」

こうして、長かった獣人国でのいざこざを解消し、俺とポロは新たなる土地へ向かうのだった。

第三話　伝説の鍛冶師は、海を渡る

ネログーマを出発したあと、俺はポロと一緒に旅をしている。

「せやっ！」

ポロは夜空を使って、湧き出てくるモンスターを倒してくれる。

まだ完璧とは言いにくいものの……。

『ポロよ。今の一撃はいい感じじゃ』

「ありがとうございます！　夜空様」

『なー！　ずるーい！　るーちゃんもつかってよー！』

「るーちゃん、ヒーローは遅れて来るんですよ？」

『ひーろー！　うん、るーちゃんのでばんはあとですな！』

聖剣二本と上手くやれている。

そう遠くない未来、ポロも立派な勇者様になれるだろう。

今は色々経験させてやりたい……が。

「ポロ。ちょっと休憩とるかい？」

「いえ！　まだまだ元気です！　先へ進みましょうっ。出てくる敵は全て私が倒します！」

どうやら獣人国での出来事があってから、何かを掴んだ様子。

前は人助けに否定的な面が見受けられたんだが……。

「！　ヴィル様、あっちで人がモンスターに襲われております！　助けてきますね！」

俺が止める前に、ポロは駆けだしていた。

二本の剣を用いて、敵を葬り去っていく。ふーむ……。

「「ありがとうございます！」」

どうやら商人の馬車だったようで、ポロは大変感謝されていた。

「あんたら、これからどこ行くんだ？」

「私らはフォティヤトゥヤァへ渡るため、漁港ウォズへ向かっておりました」

「フォティヤトゥヤァ……？」

ポロが首をかしげる。どうやら知らないようだ。

「南にある小さな国さ。常夏の島って言われてて、観光客に人気があるんだよ」

「へえ……観光地ってことですか」

ふぅむ、なるほど。フォティヤトゥヤァな。

「よしポロ。次はそこへ行こう」

「え？　か、観光地に行くんですか……？」

ポロは今、勇者としての自覚が少しずつ芽生えている。

が、気張りすぎてるところがあった。

獣人国で頑張りすぎたこともあるから、休息も必要だろうしな。

「そ。俺、一度フォティヤトゥヤァに行ってみたかったんだよね」

観光地には、見たことのないスポットや建造物があるだろう。

そこで新しい神器《じんぎ》の、インスピレーションを得られるかも知れない。

これはポロの旅でもあるけど、俺の旅でもあるからな。

もとより俺は神器《じんぎ》を作るのが目的だしよ。

「観光地……」

ポロは乗り気じゃないみたいだ。

それより人助けや自己鍛錬がしたいのかな。

「まあ聞け。フォティヤトゥヤァには、火の勇者がいるはずだ」

「火の勇者様がっ！　会ってみたいです！」

俺たちの目的が、合致したようだな。

「つーわけで、商人さん。途中まで乗っけてってくんない？」

「もちろんでございます！」

こうして、俺たちは次なる目的地、南の国フォティヤトゥヤァへと向かうのだった。

★

俺たちは途中で商人の馬車に乗って、港町ウォズへと向かう。

「ここが港町……！　潮の匂いがしますね！」

馬車から降りたポロ、夜空、ルクス、そして俺。

人間の姿になった夜空が、ルクスを抱っこしてる。

「へんなにおいー」

「これが海の匂いじゃよ」

「こどもにはまだはやかったかなぁ」

しかし……ふふふ。船かぁ……！

「ヴィル様、楽しそうですね」

「まあな！　船ってなかなかお目にかかれるモンじゃあねえしよ！」

普段陸地に住んでるもんだから、船に乗る機会はないからな。

テンションもあがるってもんだ。できれば船を作りたいって気持ちもあるんだがなぁ……。

あー、でも設計図見たことないし。

どこかに都合良く、船をいじらせてもらえる機会が転がってないかなぁ。

「た、大変だぁ！」

港町を歩いてると、ふと、船着き場のほうが騒がしいことに気づく。

「ウォロロロオォオオオオオオオオオオオオオオ！」

「海魔蛇《リヴァイアサン》だ！　漁港に現れて、暴れてるぞぉ！」

でかいウミヘビっぽいモンスターが暴れている。

そのせいで船が壊されていくじゃないか！　なんてことしやがる……！

「駆除します！」

「おらぁ……！」

俺は肉体改造《フイジカル・ブースト》をして神槌《しんつい》ミョルニルをぶん投げる。ハンマーは、すんごい勢いで海魔蛇《リヴァイアサン》とやらをぶち殺した！

「す、すごいですヴィル様……あのデカい蛇を、一撃で倒してしまうなんて……」

「ああちくしょう！　物を無意味に壊すとはどういう了見だ！」

物が壊れるのは仕方ないことだと思う。

だが！　自分の都合で物を壊すのは我慢できねえ！

ったく、モンスターの野郎め！　船を壊しやがってよ。

モンスターをぶっ倒した俺のもとに、誰かが駆け寄ってきた。

「ありがとうございます！」

「あんた誰だ？」

「商業ギルドの支店長をしております」

どうやら漁港に拠点を置いてる、商業ギルドの人っぽかった。

「海魔蛇《リヴァイアサン》を討伐してくださり、大変ありがとうございます」

「別に。船を壊したあいつが我慢ならなかっただけだ」

「それはどうして……む？　その手、もしや黄金の手⁉」

俺の右手の甲には太陽の紋章が刻まれてる。

これは黄金の手の持ち主であることの証だ。

「お願いがあります！　わたくしめらが保有している船を、直してはもらえないでしょうか？」

話を聞くと、どうやら海魔蛇《リヴァイアサン》が暴走したせいで、港にあった船がぶっ壊れてしまったようだ。

これで南の国へ行けないとのこと……。

「じゃあ、しかたねえな！」

直す？　いやいや、せっかくだ、船を作ろうじゃないか！

せっかくの機会だもんな！

「ヴィル様、なんだか楽しそうですね」「ぱーぱはまにあ！」「ああいうのはオタクと言うらしい」

★

俺は南の国フォティヤトゥヤァへ渡るため、船に乗ろうとする。

しかしモンスターが出現したことで船が壊れてしまった。

それを直す職人を探していたので、俺は名乗りを上げたのだが……。

「商人さん」

「エチゴーヤ、と申します」

ウォズの街で出会った商人が名乗ってくる。

「船を直すっつっても、あんたんとこのお抱えの職人っていないのかな？　そいつに話を通すのが筋ってもんだと思うけど」

どんな物でも壊れることは想定されてる。

ということは、それをメンテするお抱え職人がいてもおかしくない。

「ああ、まあ……しかし少々気難しい人でして……」

エチゴーヤさんがうんざりした表情で言う。

「キムズカシーひと？」

港にはいくつもの倉庫があった。そのうちの一つへと向かう……。

「なにぃい⁉　わしが作った船を、別のやつが直すだとぉおおおおおおお！」

倉庫の中からデカイ声がした。

エチゴーヤさんは「またあの人は……」とため息をつく。

あの人？　倉庫の中に入ると、そこには、そりゃあもう気難しそうなドワーフがいた。

「ドワーフ？」

「はい。彼はとても腕のいい船大工なのですが、少々……」

「おいエチゴーヤ！」

ずんずん、とそのドワーフ職人が俺のもとへやってくる。

……身長は俺の腰あたりまでしかない。日に焼けた肌に、長いひげは三つ編みにされている。

じろりとにらみつける三白眼に……俺はよく知る人物を想起させられた。

「【キムズカジー】さん……」

『名前まんまじゃの』『きむずかしー？』

光と闇の聖剣がポロの腰のあたりで言う。

ドワーフ……キムズカジーさんが俺をじろりとにらみつける。

キムズカジーさんは俺……じゃなくて、俺の手を見やる。

俺はキムズカジーさん……じゃなくて、彼の手を見やる。

しばし無言が続いた。

俺は……いや、俺たちは、がしっ！　と手をつなぐ。

ポロとエチゴーヤさんが困惑する一方で、キムズカジーさんは言う。

「やるな」

と。

「あなたも、相当」

「ふっ……」

すごい職人だ……手を見ればわかる。向こうも俺の手から察したのだろう。

「貴様、名は？」

「ヴィル・クラフト。八代目八宝斎《はっぽうさい》です」

「なんと！　では……ガンコジーんとこの……？」

「はい、孫です」

「おおお！　そうか！　やはりか！」

「じゃああなたも……」

「そうじゃ！　弟だ！」

「そうでしたか！　やはり……！」

うんうん、と俺たちはうなずく。

だが一方で、ポロとエチゴーヤさんがやっぱり困惑していた。

「あの……ヴィル様？　話について行けないのですが……」

「お、すまん。俺たちはお互いに、腕を見て理解したんだよ」

「は、はあ……？」

ふん、とキムズカジーさんが言う。

「小娘には男の……否、漢の仕事がわかるまい」

ポロの尻尾が竹箒のように逆立つ。怒ってらっしゃる。

「キムズカジーさん……」

「キムでよい」

「キムじーさん、あんたの船直すの手伝わせてくれよ」

ふむ、とキムじーさんは俺を見て言う。

「船は初めてか？」

「ああ。だから、すげえわくわくしてるんだ」

船作ったことないしな！　するとじーさんはにやりと笑う。

「いいだろう。伝授しよう！　ただし勘違いするなよ。別におまえが兄者の孫だから教えるのではないぞ、おまえさんがやるやつだからだ」

「あざっす！」

俺とキムじーさんは奥の作業場へと向かう。

取り残されたエチゴーヤさんが、後ろで感心したようにつぶやいていた。

「す、すごい……あの気難しいドワーフに、気に入られるなんて……」

ポロが答える。

「さすがヴィル様です！」

その後、キムじーさんに造船所の中を見せてもらえることになった。

「これが……船大工の作業場か……！」

あちこちを作業員たちが歩いてる。倉庫を改造しているようだ。

建物の前面が海に面しており、海面には船が浮いてる。

「どうじゃの？」

「いい仕事場だなここ……！　船と海がすぐ側にあるなんて！」

「ほほほ、そうかそうか」

「な、なあキムじーさん、船の中見せてもらってもいいかい？」

「もちろんじゃ！」

「しゃー！」

俺はキムズカジーさんと一緒に船の甲板に上がる。

そこからぐるりと船の中を堪能させてもらった……。

「さて、肝心の設計図じゃが」

「いいや、大丈夫」

「む？　大丈夫……とは？」

「頭の中に、インプットされたからよ」

「なんと……！」

船の外に出て、俺は近くの箱を机にして、紙を広げる。

そこに、船の中の図面を描いて……キムじーさんに見せる。

「こんなんだろ？」

「おぬし……ただ船を見ただけで、ここまで正確な図面を……⁉　しかも、一発で……⁉」

キムズカジーさんは倉庫の片隅に置いてあった紙の束を持って、俺のもとへやってくる。

俺が描いた図面と、まったく同じものを持ってきた。

「信じられぬ……」

「そう？　キムじーさんがいろんなとこ、じっくり見せてくれたじゃん？　あそこまで丁寧に教えてくれたら、職人なら誰だってこれくらい描けるさ。なあ？」

キムズカジーさんはうなったあと、ばしばし、と俺の背中を叩く。

「さすが兄者の孫！　ここまで見事な設計図を一発で描き上げてしまうなんて！　すごいぞ！」

うーんそうかなぁ。

すごいことかなぁ、これ。

これなら材料があれば、ハンマーかつーん！　で船が一発でできるだろう。

だが……。

「ううむ……」

「どうしたよ、ヴィル」

キムじーさんが俺を見て尋ねてくる。

「船ってさ、すごい便利だけど、欠点あるよな」

「ふむ、聞こうか」

船の利便性。これはなんといっても、たくさんの荷物を一気に運べることだろう。

しかし欠点は存在する。

「動力源が、今んとこ風だけってことだな」

通常、船は帆をはって、風の力を受けて進む。

裏を返すと、風が出ないと前に進めないのだ。

「仕方あるまい。船とはそういうものだからな」

「うーん……」

船大工にとっちゃ、船はこの形であるべきだと、そういう固定観念にとらわれちまっている気がする。

「そうだな……風がなくても前に進めるようにさ、たとえば車輪つけるのはどうだ？」

「は……？　しゃ、車輪……？」

図面上に、船の側面に巨大な水車のようなものをくっつける。

「ほら、魔法自動車《マナ・カー》ってあるだろ？」

「あ、ああ……帝国が開発した、魔法の力で動く不思議な鉄の馬車だろう？」

「それを応用するんだ」

魔法自動車《マナ・カー》の仕組みは、作り手によって様々である。

だがどれも、魔力を車本体に刻まれた術式に流すことで、車輪を動かすってものだ。

「船にもこういう車輪をくっつけてさ、魔法で動くようにするんだ。これなら風がなくても……って、どうした？」

キムじーさんは目を剥いて、ふるふる……と体を震わせる。

「て、天才じゃぁあああああああああああああああああああああ！！！」

天災？　嵐でもきたのか？

キムじーさんは俺の手を握って言う。

「盲点じゃった。車とはこうだ、船とはこうだという固定観念にとらわれて、車の技術を船に使うことに、気づけなかった……」

まあでも、簡単ではないだろう。

なにせ車と船とじゃ質量が違う。車の原理を使っても、今のままじゃ船を動かせない。工夫は必要だろう。

「それでも……最初のひらめき。これを思いついたおぬしは、本当にすごいぞ。まさに天才！」

「いやぁ……ただ俺は思いついただけだぜ？　こんな思いつき、誰でもできるだろ？」

ぶんぶんぶん！　とキムじーさんが首を強く振る。

あれぇ……。

「一流の職人だからこそ、一流の発想が生まれたのだ。本当に、おぬしはすごい職人じゃあ！

さすが黄金の手を持つ男……！」

★

その後、船の設計図を頭に叩き込み、そして自動車のように、風がなくても動けるよう車輪と動力を取り付けた結果……。

「試作機、できた……！」

ウォズの港の倉庫にて。

俺考案の新しい船が完成した。

「魔法船《マナ・シップ》だ！」

中には魔法自動車《マナ・カー》のように、魔法エンジンが搭載されている。

魔力を込めることで、中のモーターが駆動する仕組みだ。

船と言ってもだいぶ小型である。ま、試作品だからな。

「こんな船見たことない……」

「まあ、乗ってくれよキムじーさん」

こくん、とキムじーさんがうなずいて魔法船《マナ・シップ》（試作品）に乗る。

魔法エンジンには壊れないように防水加工がされている。

「よし、行くぞ」

俺は魔法エンジンに魔力を流す。

すると、どっどっどっど……と駆動音がする。

「す、すごいぞヴィル！　船が！　ひとりでに動き出したぞ！！！」

よし、魔法エンジンは海上でも問題なく動くようだ。

船がすごいスピードで走り出す。

「なんだこれ⁉　なんだぁぁ……！　すごすぎるぞぉおおおおお！」

地上を走る魔法自動車《マナ・カー》のように、すごい速さで自走する船。

やがて、港へと戻ってきた。

「この魔法エンジンをでっかい船に搭載しようと思ってるんだ」

「なんと！」

がしっ、とキムじーさんが俺の手を握って大絶賛する。

「船の新たな歴史に、伝説の幕開けに立ち会えたこと！　心から感動しておるぞ！！！」

《ポロ Side》

ヴィルが船作りに精を出している、一方。ポロは冒険者として活動していた。

「せやぁ！」

ウォズ近郊の森にて、彼女は狩りを行っている。

モンスターを紙のようにバッサバッサと斬っていく。

「ふぅ……」

『おとなしく待っておれば良いのに』

「身体動かしてるほうが性に合うんですよ」

手に持っている闇の聖剣、夜空に語りかける。

ヴィルと別れたあと、ポロは夜空、そして光の聖剣ルクスとともに冒険者活動をしている。

『金でも貯めて何かしたいことがあるのかの？』

無為にモンスターを狩るのではなく、冒険者として働けばお金も入る。

……金を貯めて、したいことがあるわけではない。

「いえ、でもいつか何かするとき、選択肢が増えるかなって。だから貯めておこうかと」

『なるほど……堅実なのじゃな』

ポロは夜空を鞘に戻して、街へと向かう。

『主はまだ船作りかの？　もう三日じゃぞ』

ポロたちが港に到着してから三日。

ヴィルはずっと港の倉庫に引きこもって作業をしている。

『まだ出発しないのかの』

「さぁ……って、なんですかね、あの人だかり？」

ウォズの街へ戻ると、港のほうに人だかりができていた。

ポロは気になって、近づいてみると……。

「『なっ⁉　なんだあれぇ……⁉』」

『わー！　でっけえ船ぇ！』

ポロも聖剣たちも驚愕していた。

そこにあったのは……今まで、見たことのない、まったく新しい……。

「なにあれ……？」

『形から察するに……船じゃないか？』

「え、ええ!?　あんなおっきいのが？　しかも……あれどう見ても、鉄でできてますよ!?」

ポロが見やるそれは、明らかに金属製のものだった。

船と言えば木。この世界での常識だ。

「鉄の船なんて……そんな重い物が、浮かぶわけないのに……」

「おー、ポロ。ちょうど良いところに」

「ヴィル様！」

ヴィルとドワーフのキムズカジーが、ポロたちに近づいてくる。

ふぁああ……と二人があくびをしていた。

「あ、あれはなんですか？」

「え、船だぞ。見てわかるだろ？」

「あんな船見たことないですっ！　鉄でできてるんですよね？」

「うん」

「うんって……」

そんなあっさり肯定されても困る。

『主よ。なぜ鉄が浮いておる？　重くて沈むんじゃないか？』

「ふふふ、そこはこだわったポイントなんだ」

ヴィルが得意げに語る。

「確かに鉄だと沈んじまう。だから、船の底は空洞になっててな」

『空洞……？』

「ああ。ほら、風呂入ったときにさ、タオルで風船みたいなもん、作ったことあるだろ？」

　確かに遊びでやったことはある。

「あれって風船……空気の包みは水に浮いてたろ？」

「そうですね……は！　まさか……」

「そう。それを応用した。鉄の船ではあるんだが、底には空気が入る場所をつくっておいた。これで鉄でも浮くってわけよ。まあ、それだけじゃなくて、魔法でバランスを調整してるんだが……ってどうした？」

　ポロは……久しぶりに言う。

「やっぱり、こんなすごい物を作ってしまう、ヴィル様ってすごいです！」

《ヴィル Side》

　俺は鉄の船、魔法船《マナ・シップ》を完成させた。

「す、すごい……！　なんだこの船は……！　こんなの見たことない！」

　ウォズにある商業ギルド、銀鳳商会のトップ、エチゴーヤさんが、俺の作った魔法船《マナ・シップ》を見て驚愕していた。

「これはなんだ……こんな大きな船が、どうして海の上に沈まずに浮いてられるんだ!?」

　俺は簡単に構造の説明をする。

キムじーさんが得意げにうなずく。

「すごかろう。これほど大きな船となれば、人も物も今までの一〇、いや二〇倍積み込むことができるぞ！」

「二〇倍⁉」

「ああ、そして速度は今までの五〇倍！」

「ご……⁉」

ぱくぱく、とエチゴーヤさんが口を動かしてる。

そんな驚くことだろうか？　今まで風を受けて進んでいた。

風の影響をもろに受ける。毎日のように強風が吹いていればいいが、そうでない日のほうが多い。

一方で魔法船《マナ・シップ》は魔法エンジンで動いている。

風を使って進むより、遥かに進みが速いのは必定じゃないか。

「しかも天候に関係なく船を出せる」

「な、な、なんだってええええええええええええええええええええええ⁉」

これもそんな驚くことか……？

だって風を動力にしてないんだから、全天候で動かせるに決まってるじゃないか。

「ヴィルさん……いや、ヴィル様！」

「え、なに？」

様なんて付けてどうしたんだろうか……？

「この船、い、いくらで譲ってくれますか⁉　言い値で買いますよ！」

「え、別にただでいいよ」

「なぁあああああ!?　なにぃいいいいいいいいいい!?」

何驚いてるんだろう……？

「いや、だってこれ、俺が作りたくて作っただけだし、素材はあんたんとこからもらってんだから、金なんていらないよ」

「つ、作りたくて……作っただけ……」

「うん」

船は完成したし、試運転も済ませた。

これで喜ぶ人がいれば、もう俺の目的は達成したも同然なのである。

「ありがとう！　ありがとうございます！　ヴィル様！　あなたは神様だっ！」

大げさだなぁ神様だなんて。

たかが魔法船《マナ・シップ》作っただけ、俺は俺の好きなことを、好きなように作っただけなのに。

それに船を作ったのだって、作りたかったたって衝動と、船を使って南の国フォティヤトゥヤァへ早く行きたいがため。

ようは俺のためにやったことなのに、涙を流しながら、めちゃくちゃ感謝されてしまった。

「ほんじゃ、キムじーさん。またね」

「ああ、またなヴィル」

俺は叔父である、キムズカジーさんと握手をして、別れる。

こうして、俺はウォズの街を離れて、南にある島国、フォティヤトゥヤァへと旅立つのだった。

《ウィニー Side》

ヴィルが魔法船《マナ・シップ》を完成させた一方、その頃。

七福塵《しちふくじん》がつくりし子供、ウィニー。

彼女は前回、ヴィルに挑んで、ハエのようにワンパンさせられた。

「ゆるさない……ゆるさないよぉ……ヴィルぅううう……！！！」

ウィニーは嫉妬していた。創造主であり、父、七福塵《しちふくじん》に愛される存在……。

ヴィル・クラフトのことが、憎くてしょうがなかった。

「パパの愛はぼく専用なんだよぉ！　てめえのじゃあねえんだよ！」

ウィニーが立っているのは、南の国フォティヤトゥヤァへと向かう途中の海上。

彼女は平然と海の上に立って、待ち構えている。

「うわさによると、やつは船に乗ってこのルートを通るらしいからなぁ。船もろとも沈めてやるよぉ……！」

ぐにゃあ……とウィニーの形が変化する。

彼女の能力は、【有為転変】。身体を自在に変化させる能力だ。

彼女は巨大な海の竜へと、身体を変化させる。

『これはかつて存在したと言う、四神・青龍の姿を模したもの！　青龍の放つ凄まじき水のブレスで……木っ端みじんにしてやるぜヴィルぅううう！』

こぉおお……とウィニーは口に魔力を集中させる。

高圧縮された水のブレスに、雷が混じる。

『くらえ！　水神豪雷砲ぅうううううううう！』

ぶしゃああ！　という激しい水流に雷が混じったブレスを発射する。

それは直撃すれば全てを破壊する威力をはらんでいた。

『手応えあり！　よし！』

……しかし。煙の向こうから現れたのは、巨大な鉄の船だった。

『なっ⁉　んだよこれぇ！　でかすぎんだろぉお！』

青龍の姿を模しているウィニー。

彼女も十分にでかいのだが、それを倍も上回る、巨大な船が現れたのである。

すると船のボディに、がしゃんという音とともに、窓が開く。

『な、なんだ……？』

窓から顔を覗かせるのは、無数の砲台だった。

『ちょっ⁉』

『竜発見！　撃てぇえええ！』

鉄の船に搭載されていた、無数の砲台。

それから無数の砲弾が、一斉掃射される。

どががががががぁあああああああああああああああん！

「あぎゃぁあああああああああああああああああああああああ！」

……またしても、ウィニーはヴィルと会うことなく、一蹴させられてしまうのだった。

《ヴィル Side》

俺は自分の作った魔法船《マナ・シップ》に乗って、南の国フォティヤトゥヤァへと向かっていた。

ポロと一緒に甲板に立って、海を見つめている。

「わぁ……！　海がどこまでも続いてます‼」

ぱたたたたっ、とポロが尻尾を振っている。

ウォズの街に来たときも喜んでいたな。海を見たことなかったって言ってたし。

周りが全部海の環境に興奮してるんだろう。

俺は海よりも船のほうが、見ててテンション上がるんだけどなぁ。

ぼんやりと海を眺めていたそのときだ。

どどどぉおおおおおおおおおおおおおおおおおおん！

「わ！　な、なんですヴィル様？　この音？」

「ん、自動砲台が発動したみたいだな」

「自動砲台……？」

俺はポロに説明する。

「船に取り付けた武器だよ。敵が近づいてくると、砲台がにょきって生えて、砲弾を発射するんだぁ」

いやぁ、かっこいい。ポロがクビをかしげて言う。

「どうしてそんなものを？」

「え、だってかっこいいじゃん？」

かっこいいから砲台を作って付けたのである。

「じ、自動で敵を感知して、砲撃を放つなんて、すごいものを……かっこいいって理由だけで作ったんですか？」

「うん」

それ以上もそれ以下もない。

「ううん……」

「わからん？」

「ご、ごめんなさい……」

「そっかそっか、ポロは女の子だからなぁ」

男にしかこのロマンはわからんかー。

しかし……さっきの音。何か敵が近づいてたのかね。

★

同行した商人のエチゴーヤさんと一緒に、甲板にいた。

「いやぁ、すごい船ですわやっぱり！　こんなもん作ってしまうヴィル様は、本当にすごいですわ！」

「そう？」

「そうです！　ヴィル様のおかげで、普段の何十倍もの荷物が積めました！　おかげで、救援物資をフォティヤトゥヤァへ多く届けられます！」

ん……？

今、救援物資……って？

「エチゴーヤさん、どういうことっすか？　なんか南の国って問題でも抱えてるの？」

「そういえば……船に一般客の姿が見えませんね」

ポロに指摘されて、俺は初めて気づいた。

たしかに船のクルーか、商人しかいなかった。あらほんとうだ。

『創造主は本当に物作り以外に興味ないのだな』

「へへっ、まあな夜空」

『ほめておらんわい……』

夜空があきれたように言う。

あらら、そうなのね。

「さすがヴィル様、ご慧眼であられます。実は、フォティヤトゥヤァは今、未曾有の危機を迎えているのです」

「未曾有の危機……？」

「はい。火山の活性化にともない、各地で被害が出ているとのこと」

火山……そういや、ガンコジーさんが俺を拾ったのも、火山の近くとか言ってたな。

よし。

「じゃちょっと調べてみるよ」

「！　よ、よろしいのですか……？」

「ああ。どうせついでだしな」

「ああなんと！　慈悲深いことでしょう！」

え、いや……。

別に慈悲深いとかそういうんじゃないんだが……。

単に好奇心から行ってみたいだけなんだけど。武器のヒントもあるだろうしさ。

「島の現状教えてくんない？」

「国にある大きな火山が異常な活発化を見せており、そのため島に人が住めなくなったのです……」

たしかフォティヤトゥヤァは観光地として有名だった。

しかし火山噴火の影響で、灰は降り注ぐし、気温は上昇するしで、もうひどい有様だそうだ。

……しかし、おかしいな。

「あそこって、ヨウがいなかったか？」

「ヨウ？　誰ですか、ヴィル様」

「火の勇者だよ」

火の勇者ヨウ。聖剣ファイア・ローの使い手だ。

「おかしいな、ヨウがいるのに、問題なんて起きるのかな……？」

聖剣は絶大なる力を持つ。氷の勇者キャロラインしかり、雷の勇者ライカしかり。

「ヨウとファイア・ローが合わされば、大抵の敵は倒せるし……ううむ、問題なんて起きないはずなんだがなぁ……」

「また、アクア・テールのときと同じようなことが起きてるのではないでしょうか？」

「あー……なるほど」

水の勇者ペルシャは、謎の存在、七福塵《しちふくじん》によって聖剣を暴走させられた。

その結果、国はヤバいことになってしまった。

「ファイアもしかして……」

……そう考えると、観光気分ではいられないな。

早く助けてあげたい。

「ヨウ様とファイア・ロー様ですか。早く会ってみたいです」

ポロは新米勇者として、ほかの勇者たちのことが気になってる様子。

「そろそろ見えてきます。あそこがフォティヤトゥヤァです」

目をこらすと島が見えてくる。

青い海に浮かんでいるのは、木々の緑に、そして奥のほうには茶色い火山が連なっている。

あれがミダガハラ火山……か。

そのとき、ぴくんっ、とポロの耳が立つ。

「ヴィル様！　大変です！　島のほうから、何か大きな音が！」

俺は■《ボックス》から双眼鏡（魔法付与）を取り出して、遠くを見やる。

ミダガハラ火山から何かが吹き出していた。

倍率を上げると……。

山の先端から、噴石が吹き出してるのがわかった。

「まずい……火山が噴火したようだ。それも、結構な勢いだな」

「なっ⁉　なんですって⁉」

ポロがまた耳をぴくぴくとさせる。

俺は双眼鏡で見る。

吹き出した噴石が、勢いよく……。

島の外にいる、俺たちの船へと飛んでくるのを。

「ヴィル様！　私が行きます！　夜空さん！」

『心得た！』

ポロは船の帆をのぼって、飛び上がる。そして闇の聖剣、夜空を思い切り振る。

「ずぇえええええええええええい！」

ポロが剣を一振りする。

なにもない空間に切れ目が入り黒い半月が出現する。

空間の切れ目ができた。

「！　で、デカい……！　吸いきれない！」

噴石は思ったよりも大きかった。ポロの作った空間の裂け目を凌駕してる。

一部分は、裂け目の中に吸い込まれたものの、残った噴石が船へと襲い来る。

「まずい！　ヴィル様！」

ポロは空中だ。それに今全力を出したばかり。

あの裂け目をもう一度作るのは難しいだろう。

俺はガンコジーさんの作った神鎚《しんつい》ミョルニルを手に取る……のを止める。

「うわああ！　噴石だぁ！」「にげろぉおお！」「焼かれて死ぬぅううううう！」

逃げ惑う船員たち。だが俺は、一人手を伸ばしていた。

「ヴィル様⁉」

『創造主よ⁉　なにを⁉』

『やけどしちゃうよぉ！』

俺は飛んできた噴石を壊さず、受け止めていた。

『なんと……！　あの勢い、そして大きさの噴石を、真正面から受け止めたじゃと⁉』

夜空がなんか驚いてる。ん？　別に驚くことでもないだろう。

「肉体改造《フィジカル・ブースト》で、筋力と皮膚の耐熱性を上げているだけだぞ？」

超錬成で、細胞の作りを頑強なものへと変えたのである。

「そんでもって……」

俺はハンマーを逆の手で持って、こつん、と噴石を叩く。

すると一瞬でバラバラに分解され、ごとりと甲板の上に、上質な岩石が転がる。

勢いは完全に死んでいるし、熱も帯びていない。

「な、ナニをなさったのですか……？」

空中から戻ってきたポロが俺に尋ねてくる。

「ん？　噴石を分解しただけだぞ？」

「ぶ、分解……？　万物破壊はしないのですか？」

「それ使ったら、素材が回収できないだろう」

「素材……」

「こんな上質な岩石なかなか手に入らないぜっ？」

うわぁ、これちょーいい材料になるじゃーん。

これでナニ作ろっかなぁ。

「あんな大きな噴石を見ても驚かず、冷静に対処してしまうなんて……さすがヴィル様です！」

「つーか、噴火って……やばいな」

今なおずっと、噴火が続いている。

なるほど……これがフォティヤトゥヤァの問題ってやつか。

「どうします……ヴィル様？」

「このままじゃこの島の人たちも困るだろうし……なんとかしたいな」

火山の噴火を止めるためには、直接出向いて、超錬成で作り替える必要がある。

「いずれにしろ……上陸しないことには始まらんわな」

「しかしこの噴石の降り注ぐ中じゃ……」

「ま、大丈夫っしょ」

噴石がまた降ってくる。

俺は神鎚《しんつい》ミョルニルを振りかぶって、投げ飛ばす。

ハンマーが回転しながら、噴石とぶつかり、バラバラになる。

「ね？」

「たしかに……ヴィル様がいれば問題ありませんね」

「ということ。じゃ、船長に言って、俺らだけ先に上陸しようか」

第四話　伝説の鍛冶師は、南の島へ行く

俺たちは小型の魔法船《マナ・シップ》に乗って、島へと向かっていた。

もともと乗っていた船は、かなり沖のほうで停泊している。

近づきすぎると船員たちが全員熱でまいっちまうし、何よりさっきみたく噴石が飛んでくるかもしれないからな。

「ヴィル様……見えて参りましたね、陸地……というか砂浜が」

だんだんと砂浜が近づいてくる。

そのときだった。ぴくん、とポロの耳が揺れ動く。

「ヴィル様！　敵が近づいてきています！」

「なに？　どこだ？」

島のほうから近づく敵は見えないし……。

ずぉおお！　と水の中から何かが急速に浮かび上がってくる。

ザパァアアアアアアアアアアアアアアアアアアアアアン！

「ヴィル様！　巨大魚で……」

す、と言い終わる前に……。

何かが高速で、巨大な魚をぶち抜いたのだ。

「な⁉　魚の頭に穴が……！」

一瞬の出来事だった。敵の頭に風穴があいたと思った次の瞬間、

ズドドドドドドドッ……！！！！！

「今度は身体が蜂の巣に⁉　あれは……⁉」

「魔法矢だ」

「まほう……や？」

「ああ。魔力で作った特殊な矢だ。いろんな効果がある。今のは……星の矢《アサルト・ショット》」

ああ。知ってるさ。あれほどまでの魔法矢の使い手は現代に一人しかいないだろう。

「⁉　知ってるんですか、ヴィル様⁉」

「あそこにいるやつが、助けてくれたんだ」

ポロが首をかしげる。だが目をこらして、やっと気づいたようだ。

砂浜に一人、影の薄い人物が立っていた。

そいつは砂色の外套で身体をすっぽり覆っている。

弓を持つ手は日に焼けていて、かぶった外套の奥からは、緋色の瞳が見えていた。

「ヨウだ」

「！　ヨウって……火の勇者の？」

「ああ。あいつが火の勇者ヨウ・スナイプ・ファイアローだ」

魔法矢を放った勇者を見て、俺はそうつぶやく。

一方、ヨウの手に持っていた弓が、ボロボロと崩れていく。

ポロが首をかしげながら尋ねる。

「ヴィル様。どうして弓が壊れたのですか？　それに、聖剣が見当たらないのですが？」

ヨウは聖剣ファイア・ローを持っている……はず。

「ヨウの聖剣は、弓の形をしてるんだ」

「弓……相変わらず、【剣】ってついてるのに形は自由なんですね……」

サンダー・ソーンは鞭だったし、アクア・テールは槍だった。

聖剣を作ったやつは、自由な発想の持ち主らしい。好感が持てるね。

っと、それはどうでもよくって。

「ヨウ。おまえの持ってた弓……ファイア・ローじゃないだろう?」

「………」

ヨウは何も答えない。

砂色の外套を、頭からすっぽりとかぶっているため、表情もうかがえない。

彼女がふいっ、とそっぽを向いてその場を離れようとする。

ポロはその態度を見て、眉間にしわを寄せる。

「随分と、失礼な勇者様なのですね」

「まあまあ。彼女、口下手なだけだから。悪いやつじゃないんだよ」

例によって、俺は聖剣の所有者である、勇者とは面識がある。

俺は彼女らの持つ聖剣のメンテを担当していたからだ。

あ、そっか、外套で覆ってて姿が見えないのか。

「女の方なのですか?」

「そうだよ。美人だぜ」

「……美人」

なぜかずぅん、と落ち込んでいるポロ。

ナニに落ち込んでるんだ……？

「ポロも十分美人なのに」

「！　ほ、本当ですかっ？」

さっきと一転して笑顔になる。

尻尾がぶんぶんと振られていた。

「もちろん」

「～！　やった！　ありがとうございますー！　うれしいですっ！」

ポロは美人って事実を言っただけなんだが、ナニを喜んでいるんだろうか。

『創造主よ、本当に無自覚な女たらしだのぅ』

夜空があきれたように言う。

え、そうかなぁ？　まあいいや、どうでも。それより聖剣！

「ヨウ、待ってってば」

俺はスタスタ進んでいく彼女の手を取る。

ヨウはびくんっ、と体をこわばらせる。

「悪い悪い。人付き合い苦手だったな、おまえ」

「…………なに？」

「いや、手ぶらで危険地帯に行こうとしてて、止めないやつはいないだろう？」

ヨウはミダガハラ火山へ向かおうとしていた。

何をするつもりかは不明だが、得物がない状態で行くのはまずい。

「協力しようぜ」

「……なぜ？」

「なぜって……この島、今やばいんだろ？　それにおまえも、ファイア・ロー持ってないってことは、何か事情があってあいつと離れてるわけだ。違うか？」

ヨウは答えない。

だが、違うんだったら違うと、言うやつだからな。

「力になるぜ」

「……なぜ？」

「そりゃあ……ほっとけないからだよ」

相手は聖剣の使い手。メンテするのは、八宝斎《はっぽうさい》の仕事だからな。

するとヨウは黙りこくったあとに、小さくうなずいた。

協力することに、同意してくれたわけだ。

「あんがと。じゃ、さっそく話聞かせてくれよ」

こくん、とヨウがうなずく。

「…………………はぁ～♡　すき♡　かぁっこいいよぉ～♡」

「ん？　何か言ったか？」

「………」

ふるふる、とヨウが首を振る。

あれおかしいな、なんか小さく誰かの声が聞こえたような……気のせいか。

そんな俺を見て、ポロが目を剥いていた。

「夜空さん、もしかしてヨウ様も……」

『うむ……ポロの予想通り、他の勇者と同様じゃろうな』

「ああ……ライバル多し……」

何言ってんだ、二人とも？

《ヨウSide》

ヴィル・クラフトと再会した、火の勇者ヨウ・スナイプ・ファイアローはというと……。

（やったーーーーー！　憧れのヴィル様と、一緒だぁーーーーー！　うぉーーーーーーー！　やったー！　うれぴー！）

ヨウは内心で大喜びしていた。

（おいおいなんだなんだよなんですか⁉　なんてハッピーなんだ！　ローを盗られてやべえって状況なのに……うれしいぞい！）

内心で飛び跳ねているヨウ。

だがそんな様子はおくびにも出さない。

（ふふふのふ。ヴィル様ＬＯＶＥなわたくしめですがぁ！　しかし他の勇者ちゃんズとちがってわたくしめは積極的にアプローチができないのでありますよ！　理由？　コミュ症だからですね本当にありがとうございましたっ！）

……とまあ、クールな見た目の割に、中身は少々テンションが高い。

それが、火の勇者ヨウという女だった。

（自分からアピールできないで悶々としていたそんなとき、わたくしめのピンチにヴィル様が颯爽と！　まるで王子様のように駆けつけてくださった！　おいおいおいおい、これはもう神がわたくしめに言ってるのでは？　いったれやったれと！　くぅう！）

「ヨウ？」

びくーん！　とヨウが固まる。

（い、いっかーん！　一人で浮かれすぎたでありますか？　うはー！　どうしよう……変な人みたいに思われてないかなぁ？　大丈夫でありますかなぁ？）

十分変な人なのだが、まあそれはさておき。

「ファイア・ローはどうしちまったんだ？」

ああ、そうだったとヨウは思い出す。

まだ自分の相棒が、手元にいない理由をヴィルに話していなかった。

「……盗られた」

「盗られたぁ……？」

こくん、とヨウはうなずく。

これには深い事情があったのだ。

だがそれを語ろうとしても、生来の口下手なヨウにはできず……。

それ以上の情報を知りたがっているだろうヴィルは、さぞ落胆、もしくはいらついてるだろう……。

「そうか」

ヴィルは近づいてきて、頭に手を乗せてきた。

「災難だったな」

（うっはあ〜〜〜〜〜〜〜〜〜〜〜〜〜〜〜〜〜〜〜ん♡　すきぃ〜〜〜〜〜〜〜〜〜〜〜〜〜♡　ヴィル様らーーーーーーーーーーーーーーーーーぶ！）

《ヴィルSide》

俺はヨウから、火の聖剣ファイア・ローがどうなったのかを聞き出した。

「つまり……この南の国に突如として現れた、謎の存在に対抗しようとして戦ったが負けて、ファイア・ローを盗まれたと」

こくんとヨウがうなずいてみせる。

うーむ……人の愛用する道具を、勝手に盗み出すやつがいるなんて。

「許せんな」

ヨウの聖剣を盗んだ不届き者を成敗するのも大事だが、今はこの島の異常を何とかするほうが先決だ。

「あっちーな……」

俺たちは熱帯林の中を進んでいく。

南の島フォティヤトゥヤァは、小島がいくつか並んでできている。

今俺たちがいるここは【イチノシマ】という。

獣人国側から見て、一番手前にある島だからだそうだ。

噴火してるミダガハラ火山は、ナナノシマってとこにあるんだとさ。

船を使ってナナノシマまで行けばよかったかもだが、近づくほどに噴火による被害が酷くなるらしい。船だと他の人たちにも迷惑がかかるからな。

　地上を進んで行くことにしたのだ。

「暑いですね……」

「ああ……喉渇いたな」

　俺は■《ボックス》を取り出して、そこから、蛇口を取り出す。

「……なんだ？」

　ヨウが俺の取り出した蛇口を指さす。

「これ？　俺が作った魔道具。どこでも蛇口」

「どこでも……蛇口？」

　ポロが目を丸くしてる一方、俺は近くの木にぶすり、と蛇口を突き刺す。

　そしてひねると……水がどどど！　と出てきた。

「よし」

「え、ええ⁉　こ、これはどういう仕組みなのですか？」

「突き刺した物体の中に含まれる、微細な精霊を集めて、そいつらに水の魔法を使わせるっていう魔道具」

「？　？？　？？？」

「まあ、水がないとこでもこの蛇口をひねれば、水が出るって寸法よ」

　なるほど！　とポロが納得したようにうなずく。

「すごいアイテムです！　さすがヴィル様です！」

　まあこれで水の心配はなくなったな。

その後の道中、どこでも蛇口を設置しながら、進んでいく。

「……なぜ？」

歩きながら、ヨウが俺に尋ねる。俺の作った魔法の蛇口を指さす。

「これ置いてってていいかって？　たくさん作ったからね、置いてってもいいんだ。ここを通った人で、喉渇いた人が、使ってくれればいいかなって」

「さすがヴィル様！　このような素晴らしいアイテムを、無償で提供するなんて！　なんて心が広いのでしょう！」

心が広い……？　うーん、別に。

「俺はただ、便利なアイテムを、たくさんの人に使ってもらいたいだけなんだがなぁ」

まいっか。俺はあまり深く考えず進んでいく。

今度は、ポロがふと尋ねてきた。

「そういえば、このフォティヤトゥヤァに住んでいた人たちは、大丈夫なのでしょうか？　この暑すぎる環境では、人も住めないでしょうし……」

「あれ、ポロ。知らなかったっけ、ここ、砂漠エルフの国だって」

「砂漠……エルフ？」

どうやらポロは知らないみたいだな。

「普通のエルフとは違うのですか？」

「ああ、森に住むエルフと違って、砂漠地帯に住むエルフたちのことを、砂漠エルフってんだ。昔はダークエルフなんて呼ばれてたかな」

「だーく……悪い人たちなのです？」

ぴくっ、とヨウが体をこわばらせる。

ディスられたわけじゃないけど、こういうの過剰に反応するんだよなぁ、あいつ。

気にしなくて良いのによ。

「ううん、良いやつらだよ」

ぴくぴくっ、とヨウが体をまたもこわばらせる。

いや、多分フードの下で、耳が動いていたんだろう。かわいいやつめ。

「砂漠エルフは森のエルフより熱に耐性があるのさ。だから、この暑い中でも普通に暮らしてると思うよ」

「へぇ……会ってみたいです、砂漠エルフさん」

「まあ、そのうち会えると思うよ。いやでも、なあヨウ？」

彼女はスタスタ進んでいってしまう。

照れ屋だなぁ相変わらず。まあいいか。

その後、しばらく無言で歩いて行く俺たち。

火山が異常気象を引き起こしてるせいで、この南の国は人が暮らせないような島となっている。

「暑いですね……」

「うん。あ、そうだ。これ渡しとくよ」

俺は■《ボックス》の中から、外套を一枚取り出して、ポロに渡す。

「なんですかこれ？」

「着るとひんやりするやつ」

「はぁ……」

ポロが不審がりながらも、俺の出した外套を身に纏う……。

「あ！　涼しい！　とても涼しいです！」

「うんうん、よかった」

「氷の魔法でも付与されてるのですか？」

「いや、外気を取り込んでその熱のエネルギーを反転させて、冷気に変換する……ってわからないか」

「はい！　でも、これがすごい魔道具だってことはわかります！　やっぱりヴィル様はすごいですっ！」

いやはや、道具を作るのっていいよな。

こうやって、使ってくれた人が喜んでくれるんだもんよ。

「ヨウ。おまえにもやるよ」

頭からすっぽりと、外套をかぶっている、火の勇者ヨウ。

彼女が着ているのは普通の外套。この熱気じゃ、暑くてしょうがないだろう。

ふるふる、とヨウが首を横に振る。

「いいのですか、涼しいですよこれ？」

すたすた、とヨウが無視して進もうとする。

うーん、照れ屋だからなぁ、あいつ。

人のいる前じゃ、素顔を見せたくないのか……。

「！　ヴィル様！　地中より、何かが近づいてきます！」

耳の良いポロが誰よりも早く敵の接近に気づいたようだ。

ごごごお！　と地鳴りとともに、そいつは現れた。

「ギッシャァアアアアアアアアアアアアアア！」

「おー……こいつは……」

「……砂蟲《サンド・ワーム》」

巨大なミミズが、地面から顔を出してきたのである。

先端に顔……というか、大きな口がついており、その中には鋭い牙が覗いている。

なんともグロテスクな見た目の魔物だ。

「ヴィル様！　お下がりください。ここは私が……！」

ポロが夜空を抜いて構える。

空間を断つ一撃を放つ……が。

「！　消えた⁉」

さっきまであんなでけえ虫がいたはずなのに、一瞬にして姿を消しやがった。

ぐいっ、とヨウが俺の襟首を引っ張って、後ろへと投げる。

「ヨウ……！」

ヨウが立っていた地面の下から、巨大な砂蟲《サンド・ワーム》が姿を現したのだ。

あいつ……消えたんじゃなくて、

「地面に潜ってたのか」

砂蟲《サンド・ワーム》がヨウの下半身に食いついて、そのまま上へと伸びていく。

ぱさ……と彼女がかぶっていた外套が、風に舞って落ちる。

そこにいたのは、小麦色の肌を持つ、美しいエルフ……否。

「あれが、砂漠エルフ……」

そう、火の勇者ヨウ・スナイプ・ファイアローは、砂漠エルフの少女なのだ。

「あぶないです、避けてください！」

ポロが叫ぶと同じタイミングで、ヨウは、砂蟲《サンド・ワーム》にばくりと食われた。

「ヨウ様……！」

ポロが青い顔をして叫ぶ。

死んだと思ってるのだろうか。

「大丈夫だ。ヨウはあれくらいじゃやられたりしない」

砂蟲《サンド・ワーム》に丸呑みされたヨウだが、あいつなら絶対に生きてる。

でなきゃ、勇者をやれるわけがない。

「それより、逃がす訳にゃいかねえな。ポロ！」

俺はポロに指示を出す。彼女はうなずいて見せた。

「良い覚悟だ。行くぞ！」

「はい！」

俺は神鎚《しんつい》ミョルニルを手に取って、錬成を行う。

ポロはたんったんったんっ！　と軽やかに宙を蹴っていく。

あれは何もないところを跳んでいるんじゃない。

俺の作った、空気の塊を、ポロが足場にしてるのだ。

「喰らいなさい！」

ポロが砂蟲《サンド・ワーム》の頭上で、闇の聖剣を振る。

その瞬間、空間に裂け目が出現。ごぉおお！　と砂蟲《サンド・ワーム》が吸い込まれていく。

だが……体がデカいので全て飲み込むまでには至らない。

「それでいい」

俺は神鎚《しんつい》ミョルニルを手に取って、地面に向かって叩きつける。

かつん！　という音が響き渡る。

「ギシャァアアアアアアア！」

砂蟲《サンド・ワーム》が頭上から降ってくる。このまま砂に潜って逃げるのだろう。

「無駄だよ」

ぐしゃああ！　という大きな音とともに、砂蟲《サンド・ワーム》が顔面から、地面に激突。

さっきは容易く土に潜っていた砂蟲《サンド・ワーム》。

だが……今は潜れず、すごい高さから落下して自滅。

「さすがですヴィル様！」

すたん、とポロが華麗に着地を決める。

「でも……何をしたのですか？」

「ん？　地面の材質を変えただけだよ、超錬成で」

俺は靴で地面をこんこん、と叩く。

さっきまで一面砂浜だったが、ここ一部だけが、つるつるとした床になっている。

「なるほど！　だから砂蟲《サンド・ワーム》は地面に潜れずに、頭から突っ込んで死んだんですね！」

そういうこった。

さて。砂蟲《サンド・ワーム》を倒したその後……。

「解体」

俺は砂蟲《サンド・ワーム》の死体を、神鎚《しんつい》ミョルニルでコツンと叩く。

万物破壊スキルをデチューンした、解体スキルを使って、死体をバラす。

バラバラ……と砂蟲《サンド・ワーム》から取れる素材の中に、美しい砂漠エルフの少女が倒れていた。

「だいじょうぶかい、ヨウ」

「…………」

日に焼けた肌に、銀の髪の毛。豊満な体つき。

勇者ではあるが、本業は狩人。

チューブトップにホットパンツ、そして胸当てと非常に薄着をしている。

どうやら俺のあげたマントも消化されてしまったらしい。

彼女は体を丸めてうずくまってしまう。

「ど、どうしたのでしょうか、ヨウ様。具合でも悪いのでしょうか……？」

「いや、照れてんだろ」

俺は■《ボックス》から外套を取り出して、ヨウに頭からかけてあげる。

彼女はあわててマントをすっぽりとかぶって、安堵の息をついた。

「無事で何より」

「…………ありがとう」

さて。ヨウも無事だったし、先に進むかね。

《ウィニーSide》

七福塵《しちふくじん》から生み出されし作品《こども》、ウィニー。

今まで二度ヴィルと戦い、そのどちらにもワンパンで負けていた。

「くそくそくそが……ああ、腹立つ……」

ウィニーがいるのはミダガハラ火山の火口の中。

マグマが溜まった風呂の中に、まるで温泉のような気軽さで入っている。

「あの野郎……八宝斎《はっぽうさい》……！　次こそはぼくが勝つからな！」

そのとき、カサカサ……と虫が近づいてくる。

それは目玉に手足が生えた、気色の悪い虫だ。

「ん？　なに……？」

その虫がウィニーの手のひらの上に乗っかる。

これはウィニーの体の一部を、切り取って変形し、作られた使い魔だ。

「なんだって！　八宝斎《はっぽうさい》……ヴィルのやつがこの島に向かってるだってぇえ……！」

にちゃあ……と邪悪な笑みを濃くする。

「チャンス到来だ！　三度目の正直って言うしね！」

勝つ気満々のウィニー。

「次はぼくが必ず勝つさ。なぁに……新しい武器《パーツ》も手に入れたしねー……」

風呂床の上には、一本の美しい弓が置いてある。

火の聖剣、ファイア・ロー。ヨウから略奪した武器だ。

「これを新しいパーツとして体に埋め込めば、さらにぼくは強くなる。そうすれば八宝斎《はっぽうさい》なんて、けっちょんけっちょんにできるさぁ……！　げひひひ！」

ウィニーはファイア・ローを手に取ると、大きく口を開き……。

ごきっ、ぼき……と顎を変形させ、人一人くらい丸呑みにできるくらいに、大きく口を開く。

「あーーーーん……」

そのままファイア・ローを、ウィニーは丸呑みする。

顎を戻して、ごくんと弓を飲み込んだ。

「げひ……！　げひひ！　待ってろヴぃーーーるぅううう……聖剣を取り込んで、さらに進化したぼくが、君をぶっこわしてやるからねえ……！　げひひっ！　パパの最高傑作は、このぼくだってこと、証明してやるよぉお！」

ウィニーは高笑いしながら、自分の体を、ごき……ぼき……と変形させるのだった。

《ヴィル Side》

俺たちはミダガハラ火山へ向かって砂漠をえっちらおっちらと歩いていたのだが……。

「そろそろ日が暮れますね」

「おお、そうだなぁ」

西陽が差し込んできている。まもなく日が落ちて、寒くなるだろう。

「野営すっか。砂漠の夜は寒いって言うしよ」

「そうなのですね、さすがヴィル様、物知りですね！」

「まあガンコジーさんの受け売りだけどもな」

俺のじーさん、先代の八宝斎《はっぽうさい》は、全世界修行の旅に出ていた時期があったらしい。

そんときの武勇伝を聞いてたので、色々知ってるってわけ。

「ヨウ。野営でいいよな？」

こくん、と火の勇者が頷く。せっかくきれいな顔してるのに、またマントを頭からかぶって、素顔を隠してる。もったいないねえ。

「野営と言いますが、どうします？　できそうな場所探します？」

「いや、探さなくていいだろ。ここで泊まれば」

「と言っても周りは砂ばかりですが」

俺は■《ボックス》から、魔道具を取り出す。

「それは……虫ピンですか？」

裁縫するときのやつな。

「魔道具だよ。こうやってピンを、地面に刺すと……」

地面の砂が、ずおおおお！　と変形していく。

一瞬で、それはもう立派なホテルが完成した。

「な、なんですかこのホテル⁉」

「どこでもホテル。このピンに錬成のスキルが付与されててな、地面に刺すことで、周囲の鉱物を使い、あっという間にホテルを作るんだよ」

俺がテキトーに作った魔道具である。

「す、すごい、こんな大きくて立派な建物を、一瞬で作ってしまうすごい道具を、テキトーに作ってしまうなんて！」

すごいかな？　まあ便利かなとは思うけどね。

「さ、泊まりましょ」

《ヨウ Side》

目の前にいきなり、立派なホテルが完成した。

(ほげえええええええええええ！　ホテルできとるううぅぅうううう!?)

表には出さないものの、ヨウは内心で驚愕していた。

ヴィルの作った魔道具を、見慣れてないゆえのリアクションであった。

「さ、中入ろうぜ」

「はい！」

ポロを見ながら、ヨウは戦慄する。

(いやいやいや！　何普通に入ってんの!?　ホテルだよほーてーる！　やばすぎでしょこれ！

あれ、やばくないの？　わたくしめがおかしいのでありますか!?)

否、ヨウの反応が正常なのである。

ポロはヴィルのそばにいすぎた結果、感覚がバグっているのだ。

一瞬で建物を錬成する魔道具なんて、通常じゃありえない、まさしく神の道具。

それを平然と作ったヴィルは相当なものだし、それを当然のように褒めているポロの精神もなかなかだ。

（うう……突っ込みたい……でもわたくしめはそういうキャラじゃないですからなぁ）

「ヨーウ、早く入れ〜」

ヴィルにそう言われて、ヨウは中に入る。

ひんやりしてて気持ちが良かった。

「空調が効いてて良い感じだな」

「……!?」

（空調ぅううううううううう!?　ここ、元は砂でしょ!?　なんで空調なんてあるの!?）

この世界にも、魔法を利用して、室内の温度を調整するという概念（空調）は存在する。

だが非常に高度な魔道具or技術である。

砂でそれを再現してる時点でおかしい。

「シャワーもあるぞ」

「なんでありますかぁあああああああああああああ！！！！」

と、もう耐えきれなくなって、突っ込んでしまうヨウであった。

ややあって。

ヨウは、ヴィルの作ったホテルの、シャワーを浴びていた。

温かいお湯を頭から浴びると、体中の疲労が溶けて体から抜け落ちていくような心地になる。

「ほへえ……きもちええ……シャワーなんてひっさしぶり〜……」

フォティヤトゥヤァにも風呂はある。風呂というか、露天風呂だが。

しかしミダガハラ火山が活発化した影響で温泉が使えなくなってしまった。

以後、彼女たちは水浴びすること以外に、体を清める手段がなかった。

「しかしヴィル様は相変わらずすごいなぁ～……シャワー作るとか、天才じゃーん……」

きゅっ、とヨウはコックを閉める。

湯船に浸かろうとしたそのときだ。

がらっ。

「「あ」」

ちょうど、ヴィルも風呂に入ってきたのだ……。

自分は、タオル一枚身につけてない状態。

小麦色に焼けた肌を……。

ヴィルは慌てて外に出る。

「す、すまん……風呂場一個しかなくてな。増やすわ」

「い、いえ……」

なんてことだとヨウは落ち込む。

「お見苦しいものを」

「いや、だから見苦しくなんてねえよ」

ヴィルは優しいからそう言ってくれるのだ。

周りにそう言ってくれる人は、ヴィル以外にはいなかった。

いや……一人、否、一本いたか。

【気合い気合い気合いだー！】

【可愛い可愛い可愛いぞー！】

【頑張れ頑張れ頑張れー！】

そう、あの暑苦しい、火の聖剣ファイア・ロー。

彼はいつだって、自分を励ましてくれていた。

「あ……」

ふとしたきっかけで、ヨウはローを思い出した。

いつもそばにいたときは、やかましくて仕方ないと思っていた相棒。

けれどいなくなって、彼女は気づいた。

だいぶ、彼に支えてもらっていたことを。

「ひっく、ぐす……」

気づけば涙が流れていた。

泣いてはいけないと思っても、次から次へと涙がこぼれ落ちる。

「ローのやつ、絶対俺が助けるよ」

ドアを挟んだ向こうから、ヴィルの固い決意のこもった声がする。

彼の言葉が胸に空いた傷に入ってくる。

感謝の気持ちとともに、彼への愛する気持ちで溢れていた。

★

ヨウが風呂から上がると、真面目な顔をしたヴィルが待ち構えていた。

「…………」

そこにいると着替えられないのだが……。

　すごい真面目な顔で言う。

「ヨウ。サイズを測らせてくれ」

「へあ⁉」

「ヘア？　髪？」

　ヨウは大いに動揺した。

（な、なんでえ⁉　わ、わたくしめのす、スリーサイズなんて測りたいのぉ⁉　こんな……たぷたぷ無駄肉まみれの体に……興味があるとかないとかあるとか⁉）

　ちょっと異性として見てもらえたことで、ヤバいくらいうれしかった。

　だが……。

「おまえ専用の弓を作ってやりたいんだ」

「………」

（ですよねー！　わかってた、わたくしめのような、たぷたぷ無駄肉まみれな女……興味ないってさ……へへ……）

　至極アホな理由で落ち込んでいるヨウをよそに、ヴィルは、前の相棒を捨てさせるようなマネをしてると気づいて、慌てて訂正してきた。

「もちろん、ファイア・ローを回収するまでの、あくまで、一時的な武器だよ。ないと不便だろ？」

　まあ、確かにそうだ。

　お言葉に甘えることにしよう。

「じゃ、サイズ測るな」

《ヴィル Side》

俺は火の勇者ヨウの、専用武器を作ってやることにした。

ホテルの一室にて。

「そんじゃ、採寸すっか」

「……!?」

ヨウがくわっと目を見開く。

こいつあんまりしゃべらないが、別に感情がないって訳じゃないんだよな。

普通に驚いたり、笑ったりするし。

「……なぜ？」

「なぜ？　ああ、服でもないのになんで測るのかって？」

こくんこくん、とヨウがうなずく。

「いやおまえ、得物は弓だろ？　腕の長さとか、身長とか、関係してくるだろ」

弓を使うならなおさら、その体に合った弓を作ってやらないとな。サイズを測るのは必須だ。

「………」

ぷるぷるとヨウは震えたあと、なんか覚悟を決めたような顔になり、ばっ！　と両腕を広げる。

「えーと……ふんふん。バストがこれで、腕の長さがこんなもんで……」

俺は測った寸法を、紙に書こうとして……がしっ、と手を掴まれる。

「え、なに？」

「……なぜ？」

「なぜ？　ああ、巻き尺とかでなんで測らないのかってこと？」

こくんとうなずく。

なるほど、確かに洋服屋とか行くと、メジャーで測るもんな。

「俺は近くでじっくり見れば、だいたいのサイズがわかるんだよ。腕の長さとか、身長とか諸々」

がっくり……とヨウが肩を落とす。

あれぇ？　俺なんかやってしまったろうか……？

「……ラッキースケベを、期待したわたくしが、恥ずかしい……！」

「？　まあちょっと待ってな。すぐ作るからよ」

《ポロSide》

一方、ポロは夜の自主練を終えて、ホテルの中に戻ってきた。

最近は毎日、夜空、そしてルクスを使っての鍛錬を欠かしていない。

「お風呂入りましょう、二人とも」

『うむ』『はいるー！』

長剣と短剣をたずさえたポロが、ふと、ある部屋から物音がすることに気づく。

「ヴィル様……？」

しかしポロの耳は、部屋の中から二人の声をキャッチする。
二人……ヴィルと……。
「まさか……ヨウ様？」
寡黙で、かっこいい、砂漠エルフの勇者ヨウ。
そんな二人が……同じ部屋にいる⁉　……気になる。非常に気になる。
同じ部屋で何をしてるのだろうか……。
『逢い引きじゃな』『あいびき？　はんばーぐー？』『逢瀬ともいう』『おーせー？』
逢い引き……逢い引き……。
「そ、そんな……いやいや、まさか……」
しかし気になった。ポロの耳が、ぴんっ、ぴんっ、と動く。
「あ、ああー耳が勝手に動いてしまう～」
どうしても確かめたかったポロは、音のするほうへと向かう。
ややあって、ヨウとヴィルのいる部屋の前までやってきた。
ポロはドアに耳をくっつけて、中の様子をうかがう。
『どうだ……ヨウ？』
『ん……おおきい、であります』
『そうか？』
『はい……大きすぎます……』
『いや、これくらいのほうがいいだろ。なあ？』
……大きい。大きい⁉　なにが……ナニが⁉

「あわ、あわわわ……」

中で、男女の営みが、繰り広げられてるかもしれない！

『どうだ、触ってみろよ』

『うう……でも……』

『ほら……』

『あ、すご……意外と柔らかくて、でもたくましい……』

「だめぇえええええええええええ！」

ばんっ！　とポロが扉を開く。

「そんな破廉恥行為、しちゃだめです！　ゔぃ、ヴィル様は私のっ！」

「「え……？」」

しかし、その場で繰り広げられていたのは……。

弓を引く、ヨウの姿だった。

「破廉恥行為？」

「ただの、新しい武器の試射でございますが……？」

そう、ヨウはヴィルの作った、新しい弓の具合を確かめていただけだったのだ。

ポロの顔が……真っ赤に染まり、その場で絶叫したのだった。

《ヴィル Side》

ヨウの新武器を作り上げて、フィッティングをしていたところ、ポロが部屋に慌てて入ってき

た。

何がしたいのかわからなかったが……まあ一人になってさみしかったんだろう。

「ということで、ヨウさんの新ウエポン作りましたー」

ヨウの手には何も持っているようには見えない。

だがよく見てほしい。

「⁉　ヴィル様……それは……」

ヨウの左手の薬指に、キラリと光る銀の輪があった。そう……。

「け、結婚指輪ですかぁ⁉」

「違うだろ、魔道具だよ」

「魔道具の結婚指輪⁉」

「違うだろ……」

何をアホなことを……。結婚？　そんなの後々。

今俺は、新しいものを作ることのが楽しいんだ。

「つーわけで、完成した。錬金武装だ」

「れんきんぶそう……？」

「そう。質量を無視して、持ち歩くことのできる武器だ」

ポロが首をかしげている。ま、一見しただけではわからないだろう。

「……【復元】」

その瞬間、ヨウの手に、銀色のとても美しい弓が握られていた。

「す、すごいです……あんな小さな指輪が、大きな弓に早変わりしました」

「これぞ錬金武装。錬金の魔法を応用し、形を変える新しい武器だよ」

ヨウの手には黒い弓が握られている。

「ヨウの膂力《りょりょく》に耐えられる弓を作った。ファイア・ローほどじゃないけど、おまえの魔法矢にある程度対応できると思うよ」

通常の弓だと、魔法を放ったときの反動に耐えられないので、魔法矢を使えない。

ヨウの得意な魔法矢を十全に使うためにはローが最適だけど、これでもまあある程度カバーはできると思う。

彼女は手に持って、びぃぃん、と弦をはじく。

そしてこくん、とうなずく。

「良い感じか？」

「…………」

こくん。

そのときだ。

びしっ！　ばきんっ！　どがっ！　ばきっ！　……と正面の壁が連続して破壊されていった。

「えええ⁉　な、なんですかこれ⁉　まさか……攻撃を⁉」

「いや……多分さっき弦をはじいたときの、空気でぶっ壊れたんじゃね？」

「矢を装填せずに壊してしまう威力を、出してしまうなんて……ヨウ様すごいです！」

ふるふる、とヨウが首を横に振る。

「……おかしいのは、この弓」

「どこか不具合があったか？」

「……ううん。すごいってこと」

《ポロ Side》

火の勇者ヨウと行動をともにしている、ヴィル一行。

オーダーメイドの武器を作ってもらったヨウに、ポロが話しかける。

「あ、あの……ヨウ様」

最初はとっつきにくい人なのかなと思った。

だがヨウはどうにも、見ている限りでは、ヴィルのことが好きっぽい。

彼女は冷酷なる戦闘マシーンでは、ないように思えた。

話し合いが通じる相手ならば、教えてもらいたいことがある。

「……なに？」

「是非とも、手合わせしていただけないでしょうか」

「……なぜ？」

「強い……勇者になりたいからです」

ポロは光、そして闇の聖剣を所有している。

単にヴィルから貸してもらっているだけだが。

彼女は獣人の国ネログーマで、水の勇者から教えを授かり、また、戦う姿を見せてもらった。

勇者とはなんたるか、学びたいと……理解したいと思った。

最初は復讐のためだったが、今は違うのだ。

今は、手にしているこの力の使い方を学んでいる最中である。

「……私には関係ない」

「だめでしょうか？」

「……ああ」

みんながみんな、水の勇者のように人が良いわけではない。

でも……ポロは聞きたい。

「あの……なら、ご指導いただけないでしょうか」

「……指導」

「はい。私の戦う姿を見て、どこが駄目……とか」

ジッ、と見つめてくる。

ヨウは少し考えて言う。

「……わかった。その熱意を認めてやる」

「本当ですか⁉」

「……条件がある」

「なんでしょう？」

ちらちら、とヴィルを見ながら言う。

「……ヴィル様の……こと。教えて」

どうやら思ってるよりも、ヨウは普通の人っぽくて、ポロは親近感を抱いた。

二人はホテルの外に出て、夜の砂漠に立つ。

ポロは黒い長刀、夜空と、光のナイフ、ルクスを手に取って構える。

一方、ヨウはヴィルからもらった新しい弓を手に持っていた。

夜風が彼女らの髪の毛をなでる。

弓矢を持ったヨウから漂う雰囲気は、異質極まるものだった。

殺気というものをまったく感じ取れない。

「では……手合わせお願いします！」

「……」

こくん、とヨウがうなずく。

手合わせが始まる……と同時にヨウが消える。

「!?」

夜闇に消えたヨウ。

ポロは彼女の姿を探すも……。

どがっ！　と側頭部に強い衝撃を覚える。

「なっ……！　どこから……」

ヨウの姿が本当にどこにも見えない。

月明かりがあたりを照らしており、少しは見えるはずなのだが……。

ヨウは完全に気配を絶ち、攻撃してくる。

どがっ、どがっ、とポロの膝裏に矢を放ってきた。

かくんっ、と体勢が崩れると、今度は脳天めがけて矢が放たれる。

『ままぁ、ひたい！』

それはなんとかルクスで弾いた。

ルクスが攻撃を察知して教えてくれなければやられていた。
「はあ……！　はあ……！　す、すごい……」
勇者によって戦い方は様々だ。
氷の勇者キャロラインは、氷の異能をメインに。
雷の勇者ライカは、雷と物理攻撃でガンガン攻めてきた。
ヨウはそのどれでもない。
相手の視界から姿を消し、死角を衝いてくる。
まるで、獣を狩る狩人のようであった。
そうか、とポロは何かを掴みかける。
だが、掴む前にヨウが絶え間なく矢を放ってきた。
「っしっ！！！！」
ポロは両手の剣で矢を捌いていく。
この戦いでまた一歩、勇者に近づけるような気がした。
その後も、ポロはヨウとの模擬戦を繰り広げていた。
闇に隠れて攻撃を放ってくるヨウ。一方でポロは防戦一方だった。
『ポロよ、まずいな』
『ままぁ！　どうしよう！』
「夜空様……」
一つ……試したいことがあった。
『む？　なんじゃ』

「こういうことってできますか？」

ポロは夜空に、思いついたことを告げる。

『なるほど……』

「あなたを否定するつもりはないんです。ただ……」

『わかっておる。それが最適じゃと、思ったんじゃな？』

ポロがうなずくと、うれしそうに夜空が言う。

『あいわかった。ぬしの言うとおりにしよう』

「ありがとう！」

ポロがそう言うと、二本の刀を構える。

長刀とナイフ、それが今までのポロのスタイル……。

彼女は目を閉じて、刀を構える。

「……勝負を投げたか？」

「いえ、これが私にとっての、現時点での答えなのです」

ヨウが黙ったあと、またも気配を消す。

ポロは目を閉じて、視界を閉ざす。

鋭敏な聴覚がさらに研ぎ澄まされていく……。

シュッ……！　と音もなく矢が到達する。

あまりにも速く、ポロの間合いの中に矢があった。

だが……がきん！

間合いの内側に入ってきた矢を、見事、ポロはたたき折って見せたのだ。

その手には……二本の短刀が握られていた。

『ポロは短いナイフを使って、速度と手数を用いて戦うほうが向いている。今の我ではその戦い方に合わない。ゆえに……姿を変えさせてもらったぞ。主《ぬし》がやりやすい姿に』

光と闇の短刀を手にした、ポロ。

彼女はヨウとの戦いを通して、新しいスタイルを身につけたのだ。

光の聖剣ルクスと合わせて、ナイフを二本持っているようなスタイルである。

「……しっ！」

ヨウが不可視の矢を放ってくる。

ポロはそれを耳で、感じる。夜空でそれを払う。

と同時に体勢を低くして、矢が放たれた場所へとダッシュする。

低く、速く……そして、鋭く。

「せやぁ……！」

ポロはまるで四足獣のように、地を這いながら接近し攻撃を放つ。

ヨウは距離を取ろうとし、逆にポロはその動きについて行く。

（そうか……これが、私の新しい戦い方……！）

ヨウの戦い方を見て、聖剣の形同様に、使い手の戦い方も様々であることに気づいた。

道具がたとえ同じ聖剣だとしても、使い方は異なって当然なのである。

自分により向いている戦い方、自分の特性を活かして、戦う。

最大限の力を発揮できるように、己に合ったバトルスタイルを身につける。

ヨウを通してポロはそれを理解した。

ゆえに、夜空の長さを短くし、二本のナイフを手にとって、常に前へ前へと接近して戦う。

鋭敏な聴覚、そして瞬発力がポロの強みだ。

得物を追い詰める猟犬のように荒々しく戦う。

これが……自分には一番合っていると確信する。

「でやぁ……！」

ポロのナイフの一撃が、ヨウの髪の毛をかする。

はら……と髪の毛が宙を舞う。

だが、次の瞬間、ポロはぐるんと回転。

気づけば地面に、大の字になって倒れていた。

「ハッ……！　ハッ……！　ハッ……！」

「……お疲れさま」

ポロは疲労で一歩も動けない。

だがヨウは汗一つかいていなかった。やっぱりだ……。

手を抜いていたというか……本気を引き出せていなかった。

「ご指導……ありがとう……ございました……」

そう、結局のところ、これは訓練だったのだ。

ヨウは全然本気ではない。

こっちは聖剣を装備しているのに対して、ヨウは通常の武器を使っている。

それに、ヨウはたしか、魔法矢という特殊な矢を使ってきたはずだ。

聖剣を使わず、魔法矢すら使わせられなかった。

完敗だった。

「ううん、あなたは、すごいよ。剣を握って、まだひと月も経ってないのでございましょう？」

「え、あ、はい……」

「ものすごい武芸の才能でございますよ。あなたは、すごい勇者になれまする」

「そう……ですか……」

すごい人に褒められて、うれしくなるポロ。……ん？

「え、よ、ヨウ様……？　普通にしゃべれるんですか？」

「え、あ、うん……わたくしめは、その、陰キャでございまして……初対面の人だと、だいたい無愛想になってしまうんでございまする」

「そ、そうなんですか……」

でも、じゃあなんで普通にしゃべれてるんだろう。

「ポロさんは……その、初対面じゃないというか……その……わ、わたくしめと遊んでくれたし……でへへ、友達かなぁって」

友達って言ってくれたのが、うれしかった。

けど遊びと言われてしまった……。

まだまだ、自分は足りてないものが多い。

「あ、あの……わたくしめは、なにかご不快にさせるようなこと、言ったでございまするか？」

……いや、悪気はないんだ。

あくまでヨウにとって、さっきの模擬戦は遊びのようなものだったんだ。

「いえ、お相手してくださり、ありがとうございます、ヨウ様」

「う、ううん……いいのでございます。それとその……様はやめてほしいのであります」

「じゃあ……ヨウ、さん？」

ぱあ……とヨウがうれしそうな笑みを浮かべるのだった。

《ヴィル Side》

ホテルのロビーで次の神器《じんぎ》について、構想を練っていると……。

「ただいま帰りました！」

「おう、ポロ。それにヨウもおかえり」

ポロたちが帰ってきた。

さっきまで外で何かやってたみたいだ。

バシバシって音がここまで伝わってきていたからな。

出て行くところも見たし、たぶん模擬戦か何かしてたんだろう。

「ヨウ、強かったろ？」

「はい！　とっても！」

ヨウの戦う姿は何度か見たことがある。

ヨウは凄腕の狩人でもあるし、タイマンでもまず負けない。

本当に強い勇者なのだ。まあ勇者で弱いやつ、一人も見たことなかったけど。

「………」

ぷいっ、とヨウは寝室へと向かっていった。

多分もう寝るのだろう。

「ありがとうございましたっ！」

　一方でポロは、ぜえぜえと肩で息をしていた。

模擬戦で結構体を動かしたんだろうなぁ。

「疲れてるだろ」

「そ、そんなことないです！」

「無理しなくて良いよ。ヨウとの戦いでだいぶ体を酷使したんじゃないか？」

　ポロが目を剥いている。

「ど、どうして……？」

「ん？　物体の状態くらい、見りゃ一発だろ」

「物体……」

「体を構成する細胞もまた物体だろう？　痛んでる……疲労がたまってるかどうかくらい見りゃわかるよな？」

　ポロが困惑していた。まあ職人じゃないからわからんか。

「ああ、そうだ。疲労回復のマッサージでもしてやろうか？」

「ま、マッサージ……ですか」

「おうよ。疲れてる細胞の場所はわかってるからさ。そこをスキルで作り替える」

「は、ハンマーで……ですか？」

「いや、それよりいいものがある。指だ」

ハンマーだと、狭い場所をピンポイントで、触れることができないからな。

だから、指にスキルを宿して、それで「お願いしますっ！！！！！」。

ずいっ、とポロが顔を近づけて叫ぶ。

お、おう……なんでそんな乗り気なん……？

「是非とも！　お願いします！　指圧マッサージ！」

「おうよ。任せな。あ、そうだ。押しやすいように、薄着になってきてくれ」

「はいっ！」

ぶんぶか、と尻尾を振り回しながら、部屋を出て行ったのだった。

「………」

「うぉっ⁉　ヨウ……どうした？」

振り返ると、そこにはヨウがいて、じっと俺を見つめていた。

彼女はぷいっ、とそっぽ向いて出て行ったのだった。な、なんなのん……？

ややあって。

俺たちは同じ部屋へやってきた。

俺くらいの職人になれば、どこが疲れているのか（血行の悪い細胞なのか）わかる。

ポロにベッドの上に横になってもらう。

「あ、あの……ちょっと……薄着すぎないですか……？」

ポロはツーピースの布の服を身に纏っている。

下着も脱いでもらっていた。

「肌に触れる必要があるからな」

「な、なるほど……わ、わかりました」

ポロが覚悟を決めたような顔になって、寝そべる。

体がこわばっている、緊張してるのかな。

俺はじっ、とポロの体を見る。

血液、リンパ液、それらの流れが俺は目で見える。

流れが悪いと体調が悪くなる。

なら、その詰まっているところを、指で指圧し、ほぐしてやれば良い。

たとえば……腰のあたり。

俺は両の親指で、ポロの腰を押してやる……。

「んあっ！　はぁあああああん♡」

……と、ポロが甘い声を上げて、気持ちよさそうに目をとろけさせる。

ぐっぐっぐ、と俺はポロの体を指圧する。

「あっ、あっ、や、やぁ……ああっ！」

ポロが甲高い声を上げて、びくびくと体を震わせる。

犬耳としっぽは敗北したようにぺちゃりと垂れて、それでいて目の奥には♡が浮かんでいるようである。

「らめぇ……らめえ……」

ぱっ、と俺は手を離す。

ううん、疲労を取るためにやってんだが、どうにも嫌なようだ。

痛かったのかな……。

「やだぁ……もっとぉ……」

「え、ああ……」

なんだやめてほしいのかと思ったんだが、もっとほしいそうだ。

ぐいぐい。

「あっ、あっ、だ、だめっ！　や、やぁ……！　やだぁ……！」

「あ、はい」

ぱっ……。

「らめえぇ……！」

「どっちだよ……！」

やめてほしいのか、それとももっとやってほしいのか。

「やめないで……やめてぇ……」

「お、おう……」

わ、わからん……何をしてほしいんだろうか。結局やめてほしいの、そうでないの？

ええい、もうわからん。こうなったら早く疲労を取ってやろう。

「あ、あ、あく、く、くる……！」

「くる？　なにが？」

「だ、だめ……、いっちゃいます……！」

「え、くるの、いくの？　どっちなの……？」

ポロは体をびくんびくんと痙攣させて、くたぁ……とその場に倒れ伏した。

「はぁ〜……きもちい……♡」

結局くるのかいくのか、やめてほしいのかそうでないのか、さっぱりわからなかった。

ただまあ、ポロが満足そうな笑みを浮かべていたので、良しとしよう。

第五話　伝説の鍛冶師は、砂漠エルフたちを助ける

翌日、俺たちは砂漠を抜けて、イチノシマの外縁へとやってきた。

「ふぃー……結構かかったなぁ」

俺たちの目的は、ナナノシマにあるミダガハラ火山へと向かうこと。

ナナノシマはここから、六つ島を渡った先にある。

「一つ島を渡るのにもだいぶかかってしまいましたね」

「まあ徒歩で、しかも砂の大地を渡るわけだからなぁ」

あと六つ島を越えるとなると、だいぶ時間がかかると思う。

その間にもナナノシマにあるミダガハラ火山は活発に動いている。

いつまでも、長くこの島の砂漠エルフたちを苦しめるわけにもいかないし、ヨウの聖剣を奪った馬鹿にも、一発お見舞いしてやりたいんだが……。

と、そのときだ。

「だ、誰か助けてぇえええええええええええ！」

「！　女の子の悲鳴です！」

ポロが二本の聖剣を手に取って、悲鳴のした方角へと駆け出す。

「たすけてぇえええ！　やぁあああああ！」

「っ！　あれは……クラーケン！」

波打ち際には、馬鹿でかいイカのモンスターがいた。

モンスターは触手で子供をつかんでいる。

子供……よく陽に焼けた、耳の長い女の子、砂漠エルフだ。

ヨウと同じ種族である。

俺が助けようとする前に、二人が既に行動している。

二人に任せるとしよう。

「……竜の矢《レーザー・ショット》」

ヨウが思い切り弦を引っ張り、魔法矢を放つ。

びごぉおお……！　と一直線に、凄まじいエネルギーを秘めた矢が飛んでいく。

竜の矢《レーザー・ショット》。たしか、魔法で作ったレーザーで、敵を射貫く技だったな。

ヨウの魔法矢が触手を貫き、子供が宙を舞う。

ポロが素早く空中で女の子をキャッチ。

怒ったクラーケンが追撃してくるところに、ヨウが矢で触手を弾く。

「大丈夫ですか？」

「う、うん……ありがと、お姉ちゃん……」

二人ともいつの間にか、良い連携するようになったじゃあないか。

少女が目を剥いて叫ぶ。

「おねえちゃんにげて！　あいつ……」

「え？　……きゃあっ！」

ポロの体にクラーケンの触手が巻き付いていた。そのまま、空中に持ち上げられる。

「……ポロさん！」

　ヨウが慌てて魔法矢を放とうとする。だが……。

「……くっ、なんてやつだ……ポロさんを、盾にするなんてっ」

　クラーケンのやろう、ヨウが矢を放とうとすると、自分の顔の前にポロを持ってきやがる。

　そうすれば敵《おれたち》が襲ってこないとでも思ってるのだろう。

　まあ事実、ヨウは魔法矢を放てないでいる。

「おにいちゃん！」

　ポロが助けた少女……ううん、幼女ちゃんが、俺に近づいてくる。

「獣人のおねえちゃん、たすけてっ」

「大丈夫、言われなくても、俺が助けるよ」

　ポロは大事な相棒だからよ。助けるのは当然だ。それに……。

「クラーケンの触手……良い素材になりそうだしな」

「そ、素材ぃ……でありますか？」

「ああ！」

「素材回収の片手前に人助けとは……し、しかしどうやって……？　敵は考えるだけの頭もあって、再生できる触手もあるであります」

「え？　だから？」

　だからって、あいつを倒さない理由が、ないんですけど……？

「なんという余裕……なんという胆力でありますか」

「まあ見てな」

　俺はクラーケンめがけて走り出す。

「ヴィル様！　近づいてはなりません！　捕まってしまいます……！」

クラーケンに捕縛されているポロ。

忠告ありがとう、でも大丈夫だ。敵が俺に向かって触手を飛ばしてくる。

「錬成応用……肉体改造《フイジカル・ブースト》」

俺はじーさんのハンマーで自分の体をコツンと叩く。

クラーケンの触手をよけて、その上に乗っかる。

そして、そのまま走り出して接近。

「よっこらしょ」

俺はハンマーでポロを捕まえてる触手をぶったたく。

スキル、万物破壊。

触手が破壊されると、ポロが自由になる。片腕でポロをキャッチして、着地する。

「大丈夫か？」

「は、はい……見事な体捌きでした。すごいです」

「どうもどうも」

ま、これくらいはね。さて……。

「本題はこっからだ」

ポロは救出できた。じゃあもう捕まえて良いよね。
■《ボックス》から俺は、一つの黒い玉を取り出す。
「ヴィル様……それは？」

「これは魔物ボールだ」

「まもの……ぼーる？」

「まあ見ておきな」

俺は魔物ボールを持った状態で、クラーケンに近づく。

俺に異質な物を感じ取っているのか、クラーケンが攻撃してきた。

伸ばしてきた触手の波を全て避けて、魔物に接近。

「いけ！　魔物ボール！」

俺は魔物ボールをクラーケンにぶち当てる。

その瞬間……。ずぉおおお！　とクラーケンが魔物ボールの中に吸い込まれていったのだ。

あとには、ボールだけが残る。

「よし、ゲットだぜ」

「な、なんだったのですか……今の？」

「これ？　魔物ボール。弱らせた魔物を、このボールの中に閉じ込める魔道具だ」

「ま、魔道具なのですか……？」

「おうよ」

俺はポロに説明する。

「ボールの中は異空間になってる。ま、[redacted]《ボックス》の応用だな。そんでこの中に入れた魔物は飼っておけるってわけだ。中はだいぶ快適なんだぜ」

「な、なるほど……すごい魔道具ですね」

ふふふ、クラーケンゲットだぜ。これで新しい神器《じんぎ》が作れるかも！

★

クラーケンをゲットし、ほくほく顔で、俺は幼女たちと合流する。

「あの……たすけてくれてありがとう……」

さっきの幼女ちゃんが頭を下げる。

「なんのなんの、こっちこそありがとう。おかげでいい素材が手に入ったぜ」

「……？　お兄ちゃん、へんなひと？」

「失敬な。俺は普通だ」

ふるふる、とポロとヨウが首を振っていた。あ、あれ……？

「ところで……お嬢さん。名前は？」

「ハオ！」

「ハオちゃんね。ハオちゃんどっから来たの？　まさか一人で住んでるってわけじゃないよね？」

こくん、とハオちゃんはうなずく。

「みんなで地下でくらしてるの」

「地下！　地下都市か！　す、すごい……見てみたい！」

見たことない建造物って、こう、テンション上がるよな!?

「ヴィル様、事情も聞きたいですし、彼女の住んでいる場所へ連れていってもらいましょう」

「そうだな！　地下都市も見たいし！　主に地下都市も見たいし！」

ハオは若干引き気味になりながらも、「やっぱ……へん」と言ってきたのだった。

ややあって。

俺たちは砂漠エルフの幼女、ハオちゃんの住んでいる街へと向かう……はずだったんだが。

「あれ？　地下都市は？」

「ん！」

ハオちゃんが懐からホイッスルを吹く。

ぴぃいいいいいいいい……！

耳の良いポロが自分の耳を押さえる。

すると……彼女の顔に緊張の色が見える。

「ヴィル様……何か大きなものが近づいてきます！」

「なんだぁ……？」

すると俺たちのいる砂浜が、ごごご……といきなり盛り上がってきたのだ。

「って……これは……生き物なのか？」

砂から出てきたのは、とてつもなく大きな亀だ。

だが生き物っぽさはない。

レンガ？　のようなものを詰み重ねて作られた……人工物だ！

「す、すげええ……！　建物が亀の形して、生きてるっ！　すげえすげえ……！」

「これがあたちたちの船で、家」

「うぉおおお！　船！　家！　うぉおおおおすげえええええええええ！」

いったい何でできてるんだ？　動力は？　素材は？　気になることありまくりだ！

一方で、亀は口を大きく開く。

舌にあたる部分が階段になっており、奥へと続いてる。

「ぜ、是非とも分解して調べたい……」

「ヴィル様、中に入りましょう」

「ああ！　そうだな！　もっと見たい！　中も見たい！」

亀の中へと俺たちは入る。

「すげえ……！　なんだこりゃ……亀の中、迷宮みたいになってるじゃあねえか！」

中に入ると、すぐに巨大なホールがあった。

多分亀の胃か？　胃かな、多分な！

その部分がでっけーホールになっていて、通路があちこちに延びている！

「ちょっとポロ、ヨウ、俺探検して……」

『我が主《あるじ》よ、落ち着くのじゃ。アレを見るのじゃ』

夜空に言われて、俺はハッと我に返る。

亀の胃のホールには、たくさんの砂漠エルフたちがいた。

多分ハオちゃんの知り合いたちだろう。

みんな硬い地面の上に布を引いて、うずくまったり、座ったりしてる。

「こりゃあ……どういうことだ？」

テンションあげあげだったけど、このたくさんの、辛そうな顔のエルフたちを見たら……。

その……。冷静になっちまうよ。

「ハオ！」

「お母さん！」

若い感じの砂漠エルフが、ハオちゃんに近づいてくる。

ハオちゃんママは娘をぎゅうっと抱きしめると……。

「ばか！　あれだけ外に出るなと言ったのに！」

「ご、ごめんなさい……」

まあまあ、とポロがなだめる。

「ハオちゃんは皆さんのために、食料を取ってくれてたんですよ。それでクラーケンに襲われて」

「クラーケン⁉　まさか……じゃあ、あなたたちが助けてくださったのですか？」

「ええ、まあ」

するとハオちゃんママが何度も頭を下げる。

「ありがとうございます！　娘を助けてくださり！」

「いえ、クラーケンから助けてくださったのは、ヴィル様です」

ん？　俺？

「別にたいしたことしてないけどな」

「ああ、なんと謙虚なお方でしょう！　ありがとうございます！」

謙虚っつーか、本当にあれはただ、素材が欲しかっただけなんだけどね。

まあでも、困ってる人はほっとけないぜ。

俺は人を笑顔にする道具を作っているからよ。

「ハオちゃんママ……名前は？」

「アン、と申します」

「アンさん。いったい何が起きてるんだ？　この建物は？　それに、ここに住んでいる砂漠エルフたちはどうしてこんなとこにいるんだ？」

　するとアンさんは俺たちを見てうなずく。

「わかりました。説明いたします。これは護神像《ごじんぞう》と呼ばれる建造物です」

「ごじんぞう……」

　初めて聞いた名前だ。しかも建造物って……。

「完全に生きてるじゃんか」

「はい、そのとおりです。生きてます。人々を守る、命ある建造物なのです」

　う、うおぉおおおおお！　まじか！　まじかぁ……！

　すげえええええええ！　生きてる無機物だなんて！　それ作るやつすげえええええ！

『創造主よ……我らも生きてる無機物だぞ？』

「あ、そっか」

『ぱーぱ、るくす、つくった』

「そ、そういやそっか」

　聖剣も護神像《ごじんぞう》も、命ある無機物って点では同じなのか。

　しかしスケールが違うしなぁ。

「護神像《ごじんぞう》は先祖代々受け継がれた、この地の守護神です。大地の護神像《ごじんぞう》、アールマティと言います」

「アールマティ……か、かっけえ……」

ん？　大地のってことは……。

「護神像《ごじんぞう》は他にもあるんですか⁉」

「え、ええ……」

「うぉお！　まじか、まじかー！」

見たい！　全部見たい！

どこにあるんだろー、誰が作ったんだろぉー！　うおー！

「護神像《ごじんぞう》を作ったのは、七福塵《しちふくじん》と呼ばれる職人だと伝承では……ヴィル様？」

七福塵《しちふくじん》……。それって……あいつじゃないか？

呪いのアイテムを作って配り歩いてる、あいつ。

なんで、あんな極悪人が、こんな護神像《ごじんぞう》なんていう、すげえ建造物を作ったんだ？

しかも、人を守る道具を……？

「七福塵《しちふくじん》のやつが……いつ？」

「それはわかりません。ですが遥かなる昔に作られた……と。七福塵《しちふくじん》をご存じなのですか……？」

ハオちゃんママ、アンさんが尋ねてくる。

知ってるも何も……って、今なんて？

遥かなる昔だと……？

「ヴィル様……それはおかしいですね」

「ああ……やつはそんな前から存在してたってことになるしな」

とてつもなく長生きってことなのか……？

そもそもなんで守護神なんて作るんだ、あいつが……？

わからんことだらけだ……。

でも、確実に言えることはある。

「この大地の護神像《ごじんぞう》のおかげで、わたしたち砂漠エルフの民は穏やかに暮らすことができましたし、今もこうしてなんとか生き延びることができてるんです」

そう……やつの作ったアイテムが、人助けに貢献してるってことだ。

なんなのだ、ほんと……。

七福塵《しちふくじん》は人を不幸にするのが目的じゃないのか……？

いや、考えても無駄か。本人に直接問いただすしかあるまいて。

「それで、何があってこの護神像《ごじんぞう》の中で生活してるんですか？」

「今、ミダガハラ火山が異常活動を起こしているのです。そのせいで、島全体の気温が上昇し、人の暮らせぬ死地となっているのです」

……死地？　人が暮らせないだって。

「え、でも俺平気だったけど。なあおまえらもだろ？」

ポロがこくんとうなずく。

『あたちーのおかげー！』

「ルクスちゃんの？」

ルクスがうれしそうにそう言う。

夜空がそこに補足をする。

『ルクスの治癒能力のおかげで、我が創造主たちは火傷によるダメージを防げておるのじゃ』

「へー、そうだったんだな。使い手が持っていなくても自動治癒みたいなものができるんだ。すげえなルクス」

『いや、作ったのはおぬしなんじゃが……』

ああ、そういえばそうだった。

まあ確かに、そういうのあれば便利だなぁとは思っていたけどもな。

『思うだけですごい機能をつけるとは、さすが我が創造主じゃな』

★

砂漠エルフの事情は理解した。要はこの南の国フォティヤトゥヤァが、ミダガハラ火山の活性化にともなって人の住めない土地になった。

そこで、この亀にみんな移り住んだ……ってわけだ。

「今はいいですが、このままずっとここだと……」

アンさんが暗い顔で言う。

ふと、気になったことを聞く。

「食料はどうなってるんだ？」

「村から持ってきた保存食を、みんなで分けあって食べています。ただ……それももう尽きかけております……」

「水は……？」

「貯水タンクがあるんです。それも同じで……」

なるほど、水も食料も尽きかけてるわけか……。

「このままでは早晩、みな死んでしまいます……」

ふぅむ……。そうだよな、もともと避難用に作られてないもんな、この建物。

俺は周りを見渡す。砂漠エルフのみんなは、暗い表情でうつむいてる。

硬い地面に横になって、耐えている。……こんなの駄目だ。

「よしわかった。俺に任せとけ」

「ほ、本当ですか？」

「おうよ」

俺は■《ボックス》から、神鎚《しんつい》ミョルニルを取り出す。

ドサドサドサッ……！

「これは、さっきのクラーケンの死骸？」

「そう。そんで、まずは……ヨウ！」

こくん、とヨウがうなずく。

魔法矢を取り出して……。

「……鳳の矢《フェニックス・ショット》」

ヨウが放った炎の魔法矢が、クラーケンの触手をこんがり焼く。

その上から、俺はボックスに入れておいた調味料を振りかける。

ほわん……とうまそうな匂いがただよう。

「ポロ……」

「はい！　カッティングですね！」

俺の意図を悟ったのか、ポロがうなずくと二本のナイフでクラーケンの触手をすぱぱぱんっと切っていく。

■《ボックス》からデカい皿を取り出す。

ポロの切ったクラーケンのあぶり焼きが、皿の上にボトボトと落ちる。

「まずはクラーケンのあぶり焼き！　お上がりな！」

砂漠エルフたちが困惑してる。クラーケンが食べられるのかって思ってるのだろう。

ハオちゃんは一番に飛びついて、かぶりつく。

「おいしー！　おいしいよおう！　こんなおいしいのたべたことないよ！」

ハオちゃんの言葉を聞いて、警戒心を解いたのか、砂漠エルフたちが近づいてくる。

みんな一口食べると……。

「うめぇえ！」「なんだこれ！　うますぎるだろ！」「あまじょっぱくって最高！」

よしよし。俺はお手製の調味料を振りかけておいたのだ。

「すごいですね、これ。なんて言うんですか？」

「醤油、それとバター。醤油は極東の調味料だな」

「なるほど！　こんな美味しくなる調味料を作れるなんて、すごいですヴィル様！」

いやいや、作ったのは極東の人だし……まあいいや。

「さ、何はともあれまずはメシだ！　食べようぜみんな！」

★

「衣食住を整えるか。次は……住！」

俺は神鎚《しんつい》ミョルニルを手に取って、アールマティの地面に振り下ろす。

「錬成！」

俺の右手は黄金の手。

六つの物作りスキルが秘められている。そのうちのひとつ、超錬成。

あらゆるものを作り出す、魔法のようなスキルだ。

かつーん！

ずずずずずずず……！

「す、すごーい！　おうちだ！　地面から、おうちが生えてきた⁉」

ハオちゃんが驚いてる。

そこには立派な、レンガの家が佇立していた。

しかも、一つだけじゃない。いくつも並んでいる。

「どーなってるの⁉」

「周りにはたくさん石があるからな。それを叩いて形を変えて、家にしたんだ」

護神像《ごじんぞう》は建造物だ。つまり無機物で構成されている。

それを元にすれば、建物なんて作り放題だ。

「お、おにいちゃん……魔法使いなの……？」

「いやいや、ただの鍛冶師だよ」

「すごいすごーい！　かじしって、すっごーい！」

ふふふ、そうだろう。親父もガンコジーさんも、鍛冶師だった。

あの人らもすごい人だった。

だから、褒められて、すごくうれしかったのだった。

「ほいじゃ、次は家の中だな」

俺は護神像《ごじんぞう》アールマティ内に超錬成スキルで、小屋を作っていく。

「お、おかあさんすっごい！　ベッド！　ベッドがあるよ！」

「なっ⁉　べ、ベッド……⁉　いやまさかそんな……あるぅ⁉」

俺はハオちゃんのママ、アンさんのあとに続く。

ばうんばうんばうん！　とハオちゃんがベッドで飛び跳ねていた。

「きゃはは～♡　すっごぉい！　ふっかふか！　こんなふかふかベッドはじめてー！」

その様子を見て、ポロが呆然とつぶやく。

「し、信じられません……柔らかいベッドがある。たしか、錬成スキルって、同質のものしか作れないんですよね？」

「普通はな」

石のものは石、水は水。石のものを水のものに変えるのは、不可能だった。今まではな。

「俺の新しいスキル、天目一箇神《アメノマヒトツノカミ》。こいつでガンコジーさんのハンマーを、強化したんだ」

このスキルを発動させると、炉が現れる。

その中に素材を入れることで、道具はさらなる力を得る。

「じーさんのハンマー、だいぶ傷んでたんだ。多分……本来の使い手じゃないからだろうな」

神鎚《しんつい》ミョルニルはじーさんが作った、俺はじーさんのための神器《じんぎ》を受け継いで使っている。

だが本来の使い手はじーさんなのだ。

いくら孫とは言えど、使い手が異なれば、道具に不具合が生じてくる。

俺はじーさんの神鎚《しんつい》ミョルニルの声を聞いたのだ。

より強い、より俺に合った形に変えてくれと。

「道具の声……？」

「信じられないだろうが、そうとしか言えないんだよ」

俺は神鎚《しんつい》ミョルニルを、天目一箇神《アメノマヒトツノカミ》で強化。

結果……神鎚ミョルニル（改）へとバージョンアップしたのだ。

「神鎚《しんつい》ミョルニル（改）は、素材を無視して錬成が可能。超錬成ならぬ……神錬成が可能なのだ」

「神錬成……！　すごいです、ヴィル様！」

それから俺は持ちうる全技術を使って、砂漠エルフたちの仮住まいをグレードアップした。

その結果……。

「すごいですヴィル様！　建物の中に、街ができてます……！」

ポロが目の前の光景を見て歓喜の声を上げる。

石造りの建物が並ぶ、美しい街が完成した！

中の人たちが、気持ちよく暮らせるように、設備も充実させた。

二十四時間風呂の沸いてる公衆浴場、注文すれば料理が無限に出てくる料理店、などなど。

「すごいよおにいちゃん！　ここは楽園だよぉう！」

ハオちゃんがぴょんぴょん跳びはねながら言う。

ヨウは俺の作った街を見て言葉を失ってるようだ。

「どうかな、ヨウ？」

「…………すごすぎて」

「ほんと～？　ありがとな！　中見る？　見ちゃう？　しょうがないな、案内するよ！」

ヨウはずっと外の警備をしていたので、中がどんな感じかまだ知らないだろうからな！

『とか言って、単に自慢したいだけじゃないのか？　我が創造主よ』

ポロの腰につけられてる、夜空があきれたように言う。

まあそうとも言うな！

「では、お見せしよう……！」

俺はヨウとハオちゃんを連れて、街の中へと向かう。

歩いていると、そこかしこに、四角い大きな箱があるのがわかる。

「……ヴィル様、これは？」

「配給くん」

「は、はいきゅー……くん？」

俺は箱に近づく。人間と同じくらいの身長だ。

箱にはいくつか絵が描かれている。

毛布などの衣類、布団等の生活品から、飲み物のマークまで、たくさん描いてあった。

「ほしいやつ、どれか押してごらん」

ヨウが毛布の絵に触れる。

がたんっ！

「箱の下に……取り出し口？」

「おうよ、出してごらん」

それは小さなカプセルだ。

中に小さな毛布のミニチュアが入ってる。

「それを開けてごらん」

かぱっ。ずぉおおおおお！

「な、中から毛布がっ⁉」

「そう、ほら、魔物を捕まえた魔道具あるじゃん？　その応用。中にものがしまえるのよ」

へえー……とヨウが感心してる。

「こんな感じのカプセルがたくさん入ってるんだ」

「で、でも……そのカプセルはどこから仕入れてるのでございますか？」

「ないよ。この箱の中で製造されてる」

「ふぁ……⁉」

俺は配給くんをぽんぽん、と叩く。

「大気中の魔素……魔力の源を吸い込んで、中に組み込んでおいた錬成スキルが発動。大気中の魔素を元に、必要な配給品が錬成されるって仕組みだ」

「？　？？　？？？？　い、一ミリもわからないのでありますが……」

「要は、空気があればそれを使って、配給品を作ってくれるんだよ、これ」

「す、すごすぎませんこれ⁉」

ふふん、だろぅ？

「まあもっとも、精密機械だから、砂埃とかに弱いんだけどな」

要は外に出せないのである。

この建物の中限定だ。

「それに魔素も結構な量いるんだ。でもこの中ってなんか知らんけど、めっちゃ魔素で満ちてるのね」

「……な、なるほど。本当にこの護神像《ごじんぞう》の中限定で動く魔道具なんですね」

「そのとおり」

「す、すごすぎます……空気から万物を生成する魔道具を作ってしまうなんて。まさに、神……！」

キラキラした目を向けてくるヨウ。だが次の瞬間、ふと彼女が尋ねる。

「……ヴィル様。一つ気になってるのでありますが」

「おう、どうしたよヨウ？」

すっ……とヨウが天井を指さす。

「空……なぜあるのですか？　ここ……建物の中なのに……？」

「そこに気づくとは！　お目が高いな！」

そう……今までのここは、建物の中、光が差し込まず薄暗かった。

それが今はどうだろう！

頭上には空が広がり！

太陽光が入ってきているのだ……！

「これも俺が作った。外の空を建物の中に投射し、太陽光を取り入れる天井……名付けて【疑似青天井《レプリカ・ブルー》】！」

これも俺が作った魔道具だ。

というか、建物の一部を魔道具に変えたみたいな感じだな！

「では……これは天井がなくなったのではなく、空を建物の中に移してるのでありますか？」

「ザッツライ！　どうよ！」

「……なんというか、もはや……神ですね」

「あんがとー！」

外に出られないと不便だからなぁ。

それに、太陽光を浴びないと健康に悪いって前にどっかで聞いたことがある。

「……ヴィル様って、逆に何が作れないのでありますか？」

「いや、いっぱいあるよ」

「……安心したのであります」

「俺たちのいる、この青い星とかな」

「……スケールが、神すぎる……！」

さて。

とまあ、こんな感じで、作ったものをヨウに紹介した。

「すごいパワーアップって……レベルじゃないでありますね、これ」

「ちょっとした楽園ですよ！　すごいですヴィル様！」

ヨウとポロ、二人が俺を褒めてくれる。

へへっ、作ったものを褒められるとうれしいもんだな。

そして砂漠エルフの民たちは、俺に頭を下げてくる。

「ありがとうございます、ヴィル様。こんな素晴らしい建物に改造してくださって」

「なんのなんの。俺も作りたいものを作れて満足だしな」

まあ、でもだ。

「根本的な解決にはならないけどな、まだ」

「そうですね……」

ハオちゃんのお母さん、アンさんが暗い表情になる。

そう……いくらここを快適にしたところで、砂漠エルフたち本来の住処じゃあないんだ。

「大丈夫。ミダガハラ火山の不具合は、俺たちが直してくっからよ」

と、そのときだった。

「ヴィル様！　あれを！」

ポロが天井を指さす。建物の中なのだが……。

天井は外の様子を、投影するようになっている。

「！　な、んだぁ……ありゃあ……！」

そこには空に浮かぶ……巨大な山があった。

「山……!?　なんで空を飛んでるんですか!?」

マジで山が……空を飛んでるのだ。

いや……あのデカい山、どうやったって飛ぶことは不可能……。

「！　あれは……ミダガハラ火山であります！」

ヨウがそう叫ぶ。

確か異常を起こしてるっていう火山だ。

「浮遊魔法……でしょうか？」

「わからん……が……気をつけたほうが良いな」

「それは……どうして？」

「見ろ。砲台がついてる」

一見すると単に火山が飛んでるように見えるんだが……。

山肌の中腹あたりに、突起のようなものが見受けられる。

ジッ……とポロが目をこらしてつぶやく。

「ほんとです……じゃあ……あれは山じゃなくて……」

「自然を利用した砦だろう。空飛ぶな」

「空飛ぶ砦⁉　なんて……」

「ああ、すごいよな！」

「ほえ……？」

いや……誰だかわからんが……すげえもん作るな！

自然を利用した城塞に、空飛ぶ機能までつけちまうなんて！

いや砦じゃないか？

あれは……城？　城塞？　わからん！

だがなるほど、守りながら、制空権を取り、上からバンバンと砲撃できる訳か！

「スゲえこと考えるやつが、世の中にはいるんだなっ！」

新しいインスピレーションにふれて、興奮してしまう俺。

一方でポロが「そんなこと言ってる場合ですかっ！」としかってくる。

おっとそうだった。

砲台がついてて、さらにやつが上を取ってるってことが問題なのだ。

「戦いになったら……集中砲火を浴びせられてしまいます！　どうしましょう……」

「フッ……大丈夫だぜ、ポロ。それに砂漠エルフのみんな」

にやり、と俺は笑う。

「やつと戦う機能が……この護神像《ごじんぞう》にはついてる……！」

「戦う機能……ですか？」

「ああ！　行くぞ！　案内するぜ！」

中を調べていたときに、たまたま見つけた機能がある。

それ使ってみたいなぁってずっと思っていたんだ。

そこへ敵が都合よくやって来てくれた。

不謹慎かと思うが、新機能を使える機会が来たって、わくわくしちまったね。

《ウィニーSide》

ミダガハラ火山を浮かせ、空中要塞とした人物……。

「ははは！　ぱぁぱぁ～！　すっばらしいプレゼントありがとぉおおおお！」

ウィニーは先日ヴィルに意気揚々と挑んだものの、まるでハエを追い払うかのようにあっさりと負けてしまった。その恨みの炎は消えることなく、ここフォティヤトゥヤァのミダガハラ火山にて、力を蓄えていた。

火の勇者ヨウから聖剣ファイア・ローを奪い、吸収し、強くなった。

そしてそこにふらりと父、七福塵《しちふくじん》が現れ、この空中要塞をプレゼントしてくれたのである。

「はぁぁあん！　パパぁ……！　うひ……♡　くひひっ♡　パパにぃ、ぼくは愛されてるぅう！」

要塞の最も高い場所に立ち、ウィニーは自分の体を抱いて、恍惚の笑みを浮かべる。

「娘にこんな素敵なプレゼントを用意してくれたってことは、それだけ深く愛してるってことだよね？　そうだよねぇぇえん！」

気色悪い声を上げ、くねくねと体を揺らす。誰よりも愛情に飢えているウィニーにとって、父からのこのプレゼントは本当にうれしかったのだ。

「ぎゃははは！　ヴィぃ〜〜〜〜〜〜〜〜ルぅうううううううううう！　どうだい君とちがって、ボクはこんなにも愛されてるのさ……！　君はどんな【物】をパパからもらったのかな？　かな？　もらってねえだろぎゃーっはっは！」

ウィニーはヴィルに強い恨みと、そして嫉妬心を抱いていた。

彼女はヴィルに決して負けたくない、理由があった。

「今から君をぶち殺すよヴィル。この新しい体と、空中要塞を使ってねぇ！」

既にこの国にヴィルがやって来てることは知ってる。

あとはこの要塞を用いて、ヴィルに強襲を仕掛ければそれで勝つ……。

と、そのときだ。

「ん？　なんだ……あれは？　空飛ぶ……円盤……？」

遠く離れた場所で、くるくると回るおかしな物体があった。

それは凄まじいスピードで近づいてきて……。

やがてそれが、巨大な物だと気づいた。

「！　デカい……なんだあれは……亀⁉　亀が……回転しながら飛んできてるだとぉ⁉」

亀。それはつまり、砂漠エルフたちを乗せた護神像《ごじんぞう》、アールマティ。

本来この護神像《ごじんぞう》に空を飛ぶ機能はなかった。

しかし護神像《ごじんぞう》にその機能をつけた人物がいる。……誰であるか、言うまでもない。

超速スピンしながら、護神像《ごじんぞう》は空中要塞に、正面からぶつかってきた。

ドガァアアアアアアアアアアアアアアアン！

「うわあああ……！」

ウィニーは無様に高所から落下して、要塞の床にぐしゃりと、顔をぶつける。

「ヴィルうううううう！！！！」

あんな異常な物を作る人物など、この世に二人しかいない。

そしてウィニーに敵意を向ける人物は、一人だけだ。

「ヴィル……！　貴様をここでぶち殺してやるぅうううううううう！」

《ヴィル Side》

俺は護神像《ごじんぞう》アールマティを改造し、空を飛べるようにしていた！

「す、すごいですヴィル様……こんな大きな建造物が、空を飛ぶなんて！」

亀の形をしている建造物、護神像《ごじんぞう》。

本来なら空を飛べるはずがない代物が、自由に飛んでて、驚いてるのだろう。

「し、しかし……これ何が起きてるのでありますか？」

ヨウが疑問を投げかけてきた。

ふふん、聞きたいだろう？　そうだろう！

「ジェットで飛んでるんだよ」

「「じぇ、じぇっと……？」」

「ああ、ほら、気球ってあるだろ？」

この世界にある、空を飛ぶ手段の一つだ。火の熱を利用して空を飛ぶ、あれ。

「それと同じで、すごい勢いで炎を噴射し、その反動で空飛んでるんだ」

「し、しかし……理屈はわかったのでありますが……なんだか回転してないですか、これ？」

ヨウは狩人だ。彼女は【鷹の目】という、透明な目玉を空中に作り、空から地上を鳥瞰できるスキルがある。

「回転……ですか？」

「そうであります、ポロどの。このアールマティはコマのようにくるくると回転しながら空を舞ってるのであります」

「えええ!?　か、回転……そんな、全然感じませんけど」

ふふん、そうだろうとも！

そうならないように、俺は機構を作ったんだから。

「俺たちのいる中心部……コックピットは無重力状態になってるんだ」

「「？」」

「コックピットは回転せず、その周りのパーツが回転してる。これなら俺たちは目が回らない。ほら、簡単だろ？」

「「？？　？？？？？？」」

おっと素人にはムズカシイみたいだな。

「ま、というわけで、俺はこの護神像《ごじんぞう》を飛べるように改造しておいたのさ！」

俺の持つ黄金の手は、自在に物を作れるすぐれもの。

さらに俺固有のスキル、天目一箇神《アメノマヒトツノカミ》を手に入れたことで、よりすごい物が作れるようになった。

この改造アールマティもそうだ。

「さあ……！　行くぜ空中要塞！　どっちがすごいかバトルだぜ！」

一方で空中要塞も黙っちゃいないらしい。

「おお！　砲台が生えてきた！　にょきっと！」

城壁の一部が軟質性のパーツにでもなってるのかな？

そこが変形して無数の砲台になった！

どどぅ……！

「ヴィル様！　敵が砲撃してきました！」

「問題ないない」

俺たちがいるのはこのアールマティの中、操作用の部屋の中だ。

幾何学的な模様が走る部屋の中央には、台座に載った水晶玉が鎮座してる。俺はそこに手を置く。

「はぁ……！」

アールマティはさらなる高速回転をはじめる。

ぎゅわんっ！　と鋭角に亀が曲がって……。

そのまま要塞に突っ込む……！

「よしっ！　いいぞ！　思ったとおり動く！」

回転によるエネルギーで空を飛ぶこともできるし、そしてぶつかればあんなふうに大きなダメージを与えることができる！

移動＋攻撃、二つのことを同時にできる！

だから、この回転しながら飛ぶ機構は必要だったのだ！

……まあ、あとこれがかっこいいからってのもあるけどな。

「よっしゃ行くぜアールマティ！」

ぐるぐると飛びながら何度も、要塞の壁にアタックをかける。

「す、すごいです……あんな分厚い要塞の壁が、ボロボロと剥がれていきます！」

「……そ、それにこれだけぶつかってるのに、こっちがわの損傷はゼロであります。すごい……」

ヨウは鷹の目スキルを使って、この戦闘を俯瞰的に見ている。

相手の損傷具合と比べて、こっちのアールマティは無傷なのだ。

「壊れないように、材質を硬く、軽い物にしたからな。世界一頑丈な神威鉄《オリハルコン》を改造したんだ」

「お、神威鉄《オリハルコン》を改造⁉　いや、そんなの無理であります！　世界一硬いんでありますよ⁉」

「ああ、それが？」

「それがって……」

硬いからって加工できないわけじゃないだろ。

俺のやったことに感心してるのか、あきれてるのか、ヨウは言葉を失っていたのだった。

《ウィニー Side》

ウィニーは要塞と同化して、このデカい建物を動かしていた。

「くそ……！　なんだあの亀！　ちょこまかとぉお！」

ウィニーがいるのは要塞の最奥部。

そこはコックピットのようになっていた。

そしてアールマティのコックピットと、寸分狂いのないデザインをしている。護神像《ごじんぞう》を作ったのも、そしてこの空中要塞を作ったのも、どちらも七福塵《しちふくじん》なのだ。

ウィニーは操作盤に手を置いている。

樹木のように、手から根が伸びて、操作盤に絡みついていた。

ウィニーはこの空中要塞と一体化しているのである。彼女の能力は有為転変。

体を自在に変えることができる。

その力を応用し、こうして無機物と合体したのだ。

そうすることで、まるで人間の体の一部のように、この要塞を操れる……はずなのだが。

「くそがぁ！　なんでこっちの攻撃が当たらなくて、向こうのは当たるんだよぉお！」

当然ヴィルは、道具と合体なんてしていない。

生身で護神像《ごじんぞう》を操作している。道具のスペックは同格。

差がついているのは、道具の使い手の技量の差。

「認めない！　ぼくがあいつより下だなんて、絶対に認めないからな！　ヴィルぅううう！」

ウィニーはヴィルを殺そうと躍起になる。

しかし、亀はひらりひらりと、砲撃を躱《かわ》していく。

見事な操縦技術だ。一方でウィニーの砲撃はまったく当たらない。

ウィニーの操縦を上回るテクで、ヴィルが翻弄してくる。

ウィニーはヴィルの乗ってる護神像《ごじんぞう》を、にらみつける。

「ヴィルぅう！　てめえぇふざけんなよ！　なんだよ！　道具の使い方も、ぼくより上だって言うのかよ！！！！！！！！！！！！！」

ウィニーは許せなかった。

自分と同じ存在のくせに、父から愛されてる、ヴィルが。

自分と同じはずのくせに、自分より優れてる……ヴィルが。

「ゆるせねえ……！　ぼくは……ぼくはぁあああああああああああああ！」

その瞬間、ウィニーの体から黒い炎が立ち上がる。

それは、前に取り込んだ、火の聖剣ファイア・ローの炎だ。

ウィニーはヨウから卑劣な手段で、火の聖剣を奪い、その武器を体の中に取り込んでいたのである。

「燃やす……消し炭に……してやるよぉおおおおおおおおおおおおおおおおおおおおお！」

立ち上がる黒い炎は、彼女のいるコックピットから漏れ出て、空中要塞の隅々に行き渡る。

「ぼくは……ぼくがＮｏ．１なんだ！　パパの一番の作品なんだ！　あんな屑とちがって……ぼくが純粋な！　七福塵《しちふくじん》の！　最高傑作なんだよぉおおお！」

ウィニーは要塞と接続し、火の聖剣の力を砲台に充填する。

ごぉお……！　と砲台の先端に炎の力がたまる。

「撃てぇえええええええええええ！」

どがぁあん……！

砲台から照射されたのは、高い熱エネルギーの奔流……すなわち、プラズマ砲。

吐き出されたプラズマ砲は、ヴィルの操作する護神像《ごじんぞう》をかすめた。

そのままフォティヤトゥヤァの地へと激突し、大爆発を起こす。

「ぎゃはっはは！　見たかぁ……！　これがぼくの力だ……！」

一撃でフォティヤトゥヤァの島一つが消し飛んだのだ。

その破壊力には思わず、にっこりと笑ってしまうウィニー。

「これがまともに当たれば、貴様なんぞ一瞬だ！　一瞬で蒸発してしまうぞぉ！　ゔぃいいいいいいいるぅううううううううう！」

ウィニーはヴィルがこの状況に絶望してることを想像し、勝ち誇る。

そうだ、自分のほうが優れているのだ。

父からの寵愛を受けていようが、自分のほうが、このウィニーこそが、優れた作品であると！

「死ねやごらやぁあああああああああああ！」

聖剣の炎を砲台に充填し、そして……プラズマ砲を放った。

凄まじい熱量の、複数のプラズマが照射される。

ヴィルの護神像《ごじんぞう》は避けることができず……全て、着弾。

ドガァアアアアアアアアアアアアアン！

「ぎゃははは！　ぎゃーーーーはっはっはぁ！　ぼくの、勝ちだぁ……！」

と、そのときだった。

ごぃんっ！　という音とともに、空中要塞が背後に吹っ飛んだのだ。

「んなっ⁉　なんだ……何が起きてるんだ⁉」

ウィニーの目は見開かれ、信じられない事実を目の当たりにしてる。

連射したプラズマ砲を受けても……。

無傷の、護神像《ごじんぞう》がそこにあるのだ。

「ありえない！　どうして⁉　ぼくの攻撃が直撃したんだぞ⁉　全てを溶かす灼熱の光線を受けて、なぜ無事でいられるんだ⁉」

答えは返ってこない。

要塞と、ヴィルとの間に通信回線など開通されていないからだ。

ありえない事態にただただ、困惑するしかないウィニー。

「く、くそ！　死ねぇ……！」

ウィニーは何が起きているのか探るべく、攻撃を繰り出した。

プラズマ光線が発射される。

襲い来るプラズマの雨に対し、ヴィルの操縦する巨大亀は……。

「た、立った⁉」

ウィニーに向けて亀の背面を見せてきた。亀の甲羅はつるつるで、まるで鏡のようであった。

ぱりぃいいいん！　とガラスを割ったような音がする。

だが鏡面にひび割れは一つも見られない。

ただ、プラズマ砲は亀の甲羅に反射していた。

「ば、馬鹿な⁉　反射だと⁉　いったいどういう素材で……ぐわあああああああああ！」

反射してきたプラズマ砲が、空中要塞の壁を溶かす。

今、この要塞とウィニーは同化している。

体の一部なのだ。

要塞が壊れることすなわち、ウィニーの体が傷付くことと同義。

「いってえ……ちくしょおお……なにが起きてるんだよぉ……！」

《ヴィル Side》

俺の操る護神像《ごじんぞう》は、敵のプラズマ砲を反射して見せた。

「ヴィル様……いったい何が起きてるんですか？」

「おう、ポロ。鏡面反射だよ」

「きょ、鏡面反射……？」

ムズカシイ言葉を使ったが……。

「ようは、光が鏡に反射する現象のことだな」

光は鏡面とぶつかり、反射することで、鏡に自分の姿が映って見える。

「このとき、鏡面に凹凸があると、光を１００％反射できないんだ。俺は錬成スキルで、鏡面の凹凸をゼロにした鏡面……理論鏡面とでもいうのかな、それを作り出した」

「理論鏡面……」

「光だけでなく、魔法も攻撃も、全て一〇〇％、弾き返す鏡だよ」

実際に鏡を作る際にはどうしても凹凸ができるものだが、俺の持つ神の物作りスキルならば、作り出すことが可能。

「そんなもの……よく思いつきますね」

「え、そう？　何でも作れる力が手に入ったら、とりあえず何でも作ってみたくない？」

「それを実行しようという気すら、起きないですよ。やっぱり、ヴィル様はすごいです」

まあそんなわけで、理論鏡面によって、俺は敵のプラズマ砲を一〇〇％反射して返すことができた次第だ。

さて。相手は焦ってるのか、無謀な連射を繰り返してくる。

俺はそれをときに躱《かわ》し、回避できないときは弾いて攻撃を返す。

プラズマは空中要塞を穴ぼこに変えてしまう……実にもったいねえ。

まああとで、直してバラして、構造を理解させてもらおう！

空飛ぶ要塞なんて、そうそうお目にかかれるもんじゃあないしな。

「！　ヴィル様、敵の要塞が修復していきます！」

「なぁんだとー!?」

うぉお！　ほんとうじゃーん！

穴ぼこになっていたところが、瞬時に直ってるじゃあないかー！　うひょー！

「ヴィル様……そんなにうれしいんですか？」

「おう！　すげえじゃあん、修復を付与してるのかなー？　それとも、修復作用のある素材を使ってるのかなー？　どっちにしろすげえ技術だ！　是非とも作り方を知りたいな！」

「ヴィル様にとっては、この程度ピンチでもなんでもないのですね……」

「おうよ！　しかし……」

ふむ、このまま外から攻撃しても、また修復されてしまいそうだ。

「ポロ！」

「は、はい」

俺は彼女の手を掴む。

かぁ……とポロが顔を赤らめて「あ、あのしょの……」となんかつぶやく。どうしたんだ？

まあいいや。俺は操作盤に、ポロの手を乗せる。

「え？」

「まかせた！」

「ヴィル様!?」

俺は護神像《ごじんぞう》の操作をポロに任せて、建物の外へと向かう。

「ど、どこへ行かれるのでありますか!?」

ヨウが後ろからついてくる。

「もちろん、あの要塞の中だよ！」

「ええええ!?　て、敵陣に乗り込むのですか!?」

「おうよ！」

中に入って、構造を調べるのだ！　ついでに無力化してこようっと！

この護神像《ごじんぞう》の操作をポロに任せて、俺は出口へと向かう。

後ろからはヨウが走ってついてくる。

「ここにいてもいいんだぞ」

「あ、あぶないでありますよ！　一人で敵陣に攻め込むなど！」

「そっか。サンキュー。心配してくれてよ」

でもまあ大丈夫なような気がするけどな。

まあ直感でしかないんだが。

俺たちは護神像《ごじんぞう》の口から、すぽんっ！　と飛び出す。

「あ、いけね。空飛ぶ対策してなかった」

「えええええええええええええええええええええええ!?」

護神像《ごじんぞう》がいるのは、フォティヤトゥヤァの上空。

俺たちは空中に投げ出されて、一気に落下していく。

「ファイア・ロー……ない！　やばい、終わりでありますぅううううううう！」

「大丈夫だって、■《ボックス》、オープン」

俺は■《ボックス》から、前に作った魔道具を取り出す。

「二枚の……マント!?」

「そう。これをこうして……」

俺はマントを羽織り、もう一枚をヨウに着せる。

「なんでそんな冷静でありますかぁああああああ！　落ちてるんですよぉおおおおおおおお!?」

「うーん、ま、なんとかなるかなって」

マントをつける。すると……

バサッ……！　と風を受けて、俺たちは浮上していた。

「そ、空！　空飛んでるでありますよ！」

「おう、俺が作った魔道具だ。ムササビ外套！　高いところから飛び降りると、こうして風を受けて空を飛べる魔道具さ」

ふよふよ、と俺たちは空に浮いている。

「く、空中浮揚は……とてつもない高度な古代魔法でありますよ……？」

「そうなん？」

「それを道具に付与するなんて……前代未聞であります……さすがヴィル様……」

ま、なんかよくわからねえが、とにかく、作った魔道具が正常に働いて、よかった！

「っしゃ行くぞ、ヨウ！　空中要塞に突撃だ！」

俺はムササビがそうするように、びろーんと手足を伸ばす。

すると凄まじい速さで、俺は前方へと飛んでいく。

目指すは空中要塞……！

「いや、どうやって中に入るのでありますか……？」

「入口、開きっぱなしだろ？」

「ま、まさか……」

そのまさかだ。

「砲台《いりぐち》が、そこにあるじゃあないか。なあ？」

目指すは空中要塞の、内部！

「行くぜ砲台の中！」

「馬鹿じゃないの⁉」

横を飛びながら、ヨウがそんなことを言う。

「あ、す、すみません……いやでも！　砲台の中って！　無理であります！」

「どうして？」

「どうして⁉　何でわからないのでありますか！　砲台の中には、砲弾が装填されてるのでありますよぉ⁉」

ん……？

「おいおい、そんなの当たり前だろぉ？　なぁに変なこと言ってるんだよー、おかしなヨウだな」

「おかしいのはあんたでありますよぉ！　ああこっちにロックオンされてるのであります！」

砲台が一斉に、俺とヨウに向く。

そして……。

ドドドドドドドドゥ……！！！！

「いやぁあああああああ！　一斉掃射でありますよぉおおおおおお！」

普段のヨウなら、魔法矢でこんな砲弾くらい、全部打ち落とすだろうに……。

ふむ。

「空中じゃ矢が打ちにくいか」

「こんな状況でぼけてんじゃぁあねえでありますぅううううううううううううううううううう！」

ぼけ？　別にぼけてないが……まあいい。

要塞につけられた全ての砲台から、弾丸の雨が、俺たちに向かって降り注ぐ。

「助けてぇ！　ゔぃるえもーん！」

「えもん……？　■《ボックス》オープン！」

俺は作った魔道具を、■《ボックス》の中から、取り出す。

それは小さな懐中時計だ。

「もーど～～～～～～～～れっ！」

かちっ、と俺は懐中時計のスイッチを押す。

すると、世界が灰色になる。

灰色の領域に入った弾丸は……。

勢いが徐々に遅くなっていく。

「と、止まった……？」

「いや、違うぜ。戻ってるんだよ」

「も、戻る……？」

弾丸が逆方向に飛んでいく……。

というか、飛んできたほうへと戻っていくのだ。

結構な勢いで、弾丸は戻っていき……。

どがぁあああああああああああああああああああああああああん！

「砲台が破壊されたのであります！　ヴィル様……今のは？」

「【戻れウォッチ】」

「戻れ……ウォッチ？」

「時空間を操る領域を展開し、そこに入った物体の時間を巻き戻す魔道具だよ」

前に向かってきた弾丸は、後ろへと戻っていく。

地面に落下した物体は、上昇していく。

そんなふうに、物体を戻すことができる魔道具だ。

「じ、時間を操るなんて……すごいのであります……」

「と言っても世界全体の時間を戻すんじゃあなくて、その物体の時間だけだけどな」

「でも……そんなの神業でありますよ……」

神業じゃあないんだけどな。単なる技術というか。

さて、弾丸が戻ったことで、砲台が壊れた。

そこに大穴が空いてる。

「しめた！　あの穴から入るぞ！　行くぜヨウ！」

「あ、ま、待って～！」

★

「ここが……要塞の中か！」

中はミダガハラ火山をそのまま流用してるようだ。

「うぉ！　壊れた壁が元に戻っていくな！　すげえ！」

俺がさっきやったように、物体が元の状態へと戻っていく！

俺と同じ発想を持った人がいるのか？

それとも、別の原理を使っているのか。

「とりあえず、ちょっと持って帰ろう」

俺は神鎚《しんつい》ミョルニルで、要塞の壁を破壊して、■《ボックス》の中に入れておく。

ヨウはぜえはあ……と呼吸を荒くしていた。

「こ、これからどうするのでありますか？」

「操縦室を目指す。移動要塞である以上、操っていたやつがいるだろう」

「な、なるほど……では、うちの出番でありますな」

そういって、ヨウは魔法矢を放つ。

「蜻蛉の矢《ドローン・ショット》」

ヨウの魔法矢が発動する。打った矢が途中で姿を変える。

無数の蜻蛉《とんぼ》だ。それが周囲に散らばっていく。

「たしかあれ、索敵用の魔法矢だったな。蜻蛉《とんぼ》を飛ばして、視覚を共有することで、敵を探す」

「そうであります。多分そこまで広くないので……すぐに見つかるかと……！」

《ウィニー Side》

「ゔぃるうぅううううううううううううがあぁあああああああああああああああああああああああああああ！！！」

ウィニーはこの空中要塞と体を同化させていた。

ヴィルの操作する護神像《ごじんぞう》に一方的にやられ……。

しかも、この要塞の中へと、侵入を許してしまった。

「屈辱だ……！　くそっ！　くそっ！　くそぉ！」

ウィニーは自分が、七福塵《しちふくじん》の作った作品の中で、一番優れていると思っている。

優れていないとだめだと、思っている。

……だから、ヴィルが許せないのだ。

自分よりも上手に道具を操り、神のごとき力を振るう……ヴィルのことが。

「はぁ……はぁ……ま、まあいい。馬鹿な猿め。わざわざ敵の体内に入ってきやがったんだ。返り討ちにしてやるよぉ！　ヴィルぅう！」

今、ウィニーはこの空中要塞の一部となっている。

この内部の構造を自在に変形可能だ。ヴィルはそのことを知らない。

ウィニーは異物の場所を特定する。

「いた……！　ヴィル……それと、誰だこいつ？　まあいい、どっちもぶっ殺してやるよ！」

ウィニーとこの要塞は融合している。

つまりこの中は、彼女の腹の中と同義。

体を変幻自在に変えられるウィニーは、数多くのトラップを仕掛けた。

『どうやらコントロールルームはこちらでございます』

『せんきゅー。じゃ、案内よろしく』

ヴィルたちがこちらに来る様子も、ばっちりと目と耳で捉えている。

壁の一部分を変形して、自らの目や耳を作ることなど容易い。

「馬鹿め……のこのことやってきやがって。このぼくの作った、無敵要塞をとくとご覧じろ」

にぃ……と邪悪に笑いながら、ウィニーが言う。

「まず！　至る所にトラップの数々！　さらに、血球成分を変形させて作った異形の化け物をばらまいておいた。体の一部は異界化しており、そこに入ったら最後！　外に出ることは二度とないんだよお！」

ウィニーは中に入ったヴィルたちを、外に出すつもりは毛頭なかった。

「おまえらは、ぼくを傷つけた。苦しんで死ね……！　存分に……苦しんで苦しんで、最後はのたうち回って死ぬがいいさ！　ぎゃははっは……」

ぴたっ、とウィニーの表情がこわばる。

「は……が……あ……」

徐々に、ウィニーの額に脂汗が浮かぶ。そして……。

「痛ぇええええええええええええええええええええええええええええ！」

突如として、ウィニーがその場に崩れ落ちて、のたうち回りだしたのだ。

「いたい！　痛いよぉお！」

ウィニーの体に突如として激痛が走った。

どうなってるのだ……？

「くそ……まさか……！」

ウィニーは要塞内の【目】を、痛みの発生源に向ける。

そこには……。

ヴィルが実に楽しそうに、要塞を【壊して】いるではないか。

『うほー！　すげえ！　この壁見ろよ、俺たちの動きを感知して、とげに変形し串刺しにしようとしてくるぜ！』

　ヴィルが踏み込んだのは、無数に用意したトラップ部屋の一つだ。

　彼が一歩入った瞬間、ヴィルの体は串刺しになった……はずだった。

　だが彼は、とげが刺そうとした瞬間を見切って、全てを避けて見せたのだ。

「なんて目ぇしてやがるんだ……！」

『しっかしすげえなこのトラップ！　一部持って帰りたいな。持って帰ろ、えーい』

　ヴィルは手に持っていた神鎚《しんつい》ミョルニルで、とげの壁をこつんと叩く。

「馬鹿め！　そんなもんで壊れるわけがギャァアアアアアアアアアアアアアアアアア！！！」

　ヴィルが叩いた箇所のとげが破壊されたのだ。

「ば、馬鹿な……！　闘気で強化してあるんだぞ、そこの細胞は！　超硬化した壁を破壊するとか……どうなってるんだよ⁉」

　ヴィルには万物破壊のスキルがある。

　どんなものも、ハンマーこつんで壊せるのだ。

「まさかあいつ……この要塞とぼくとがリンクしてることに目をつけて、攻撃を仕掛けてるのか⁉」

『よーし、いっぱい採取して、持ち帰るぞ～』

　……ヴィルの思考は常軌を逸脱しすぎていて、ウィニーには理解できなかったのだ。

　ヴィルは単純に、このすごい罠をほめて、さらに持ち帰って自分でも作ってみようというつもりで、採取しただけにすぎないのである。

第六話　伝説の鍛冶師は、楽しみながら強敵を蹂躙する

俺は空中要塞の中に、ヨウとともに侵入した。

ヨウの放った魔法矢、蜻蛉の矢《ドローン・ショット》により、コントロールルームの位置は割れている。

が……。

「ほ、本当に全部の罠をまわるので、ありますか……？」

ヨウが信じられないものを見るような目で、俺を見てくる。

まあわからないかー、クリエイターじゃないもんなー、しゃーないな。

「当たり前だろ。もったいないないじゃあないか」

「罠をもったいないっていう人、初めて見たでありますよ……」

若干あきれ口調の、ヨウ。

だが俺は考えを変えることはない。

だってこんなすげえ要塞があるんだぜ？

しかも中には工夫をこらした罠の数々があるっていうじゃあないか。

「その工夫こそが、次なる作品のヒントになるってもんだ」

「そういうものなのですかねえ……」

「そういうものなんだよ！　じゃあヨウ！　案内よろしく！」

「一直線にコントロールルームへ向かったほうが……まあ、ヴィル様の言うとおりにしますけども」

こうして俺は、ヨウの先導のもと、中を探索することにする。

さぁて、次なるトラップはぁ!?

「これか！」

やってきたのは、レンガに囲まれた無機質な部屋だ。

一見何もないように見えるが……。

「はいであります。ここの床にはスイッチがいくつもあって……それを踏むとトラップが作動するのであります」

「さすがヨウ、目が良いな、おまえ」

彼女は人よりすごくよく見える目がある。

それと、狩人としての経験から、ある程度見ただけで、何が起きるのかが予想できるそうだ。

「ありがとうございます。スイッチの場所はこちらで把握してるのであります、踏まないように進んでいってください。まずは目の前にスイッチがあります」

「おっけー！」

カチッ！

「なんで踏むのぉおおおおおおおおおおおおおおおおお!?」

いやだってトラップを楽しみに来てるんだから、そりゃ踏むでしょ。

その瞬間……。

ぶっしゅぅうううううううううううううううううううう！

突如として床からガスが吹きだした。

「この色……！　致死性の毒ガスであります！！！！！」

「お、そうか」

「なんで無事なのでありますかぁああああああああああ⁉」

俺は床に這いつくばって、ガスの吹き出してきた機構を調べる。

なるほど、重さでこのスイッチが押されて……ふんふん！

「すげえ！」

「いやヴィル様！　何で⁉　何で生きてるの、致死性ガスでありますよ⁉」

「ん？　ガスを分解したからだぞ？」

「ガスを分解ぃいいいいいいいいいい⁉」

ガスの中に含まれる、毒素。

それを俺の超錬成スキルを使って、無害な成分に置き換えただけだ。

「な、簡単だろ？」

「簡単じゃないでありますよぉおおおおおおおおおお！」

毒ガストラップの機構を余すところなく調べたあと……。

俺はずんずんと廊下を進んでいく。

「ゔぃ、ヴィル様〜……やめましょうよ、自らトラップに引っかかりにいくなんて」

「どうして？」

「いやどうしてって……」

ヨウがおっかなびっくり周りを見渡す。

トラップがあるかもしれないからな、気を配ってくれてるんだろう。

ありがたいが、無用な心配だ。

「こんなすげえ要塞が目の前にあるんだぜ？　余すとこなく調べないと、もったいないないだろ！」

「いや普通に攻略しましょうよ……」

「お！　あそこなんだ!?」

進んでいくと、通路が二つに分かれてる。

「ヨウ、どっちがコントロール室だ？」

「右であります」

「よし！」

左に進む～。

「何ででありますかー!?」

いやだって右が正解ルートなら、左にトラップあるかもだしな。

「く、くれい……」

「くれい？　粘土？」

と、そのときだ。

ぐにゃり、と床が変形したのである。

「おー！」

俺は勢いよく下へと落ちていく。

その先は黄色い液体で満ちていた。

しゅうう……と煙を出してるあたり……酸だろう。

どぽーん！

「ヴィル様ぁああああああああ！」

「よんだー？」

「うぇえええええええええええ⁉　生きてるぅうううう⁉」

俺は酸の中で浮きながら、壁を触って調べる。

「なるほど！　わかったぞ、この要塞、生物の細胞を利用してるのか！　いや、生物と無機物の融合？　だとしてもすごいな！」

「いやすごいのはあなたでありますよ！　なんで生きてるのでありますか⁉」

なんでって……。

「そりゃ、身体の材質を錬成スキルで変えて、溶けない身体にしてるからだけど？」

「そんな当然知ってるでしょみたいなノリで言われても……一ミリも理解できないのでありますよぉ～……」

ええー、まじぃ？

《ウィニーSide》

「うぎゃあああああああああああああ！」

コントロールルームにて、ウィニーがのたうち回っている。

「くそぉ！　ちきしょお！　いてえ！　痛えよぉおおおおおおおおお！」

ウィニーは現在、要塞と融合している。

ヴィルが要塞内で暴れているということは、つまり、彼女の身体の中で暴れ回っているということと同義。

彼が壁やトラップを破壊すると、その都度、かなりの痛みがウィニーを襲った。

それは耐えきれないレベルの激痛であった。

「ヴィルの野郎……気づいてやがるんだな！　この要塞とぼくが同化してるってこと。要塞を攻撃することが、ぼくへ有効打を与えるってことを！」

残念なことに、ヴィルはそんなことにまったく気づいていなかった。

彼はただ単純に、知的好奇心を満たすために、建物を破壊しているのだ。

「くそ！　意外と賢いじゃあねえか……ヴィルぅ！」

……残念ながら、賢さからは縁遠い行いであった。

そしてもっと悲しいことに……。

「ふ……ふふ……ヴィル。自分こそが七福塵《しちふくじん》の、子だって言いたいんだな……いいぜ……ヴィル……負けられないんだな」

……ヴィルは、戦っている相手がウィニーであることを、理解していない。

そもそもウィニーのことを認識すらしてないのだった。

《ヴィル Side》

「いやぁ……！　満喫しましたなぁ！」

空中要塞のアトラクション……おっと、トラップの数々を、俺は余すところなく堪能させてもらった。正直かなり参考になった。

新しい魔道具を作る上で、今日見たものはだいぶ使えるぞ！

「作ったやつに感謝しないとなぁ～」

「感謝って……」

ヨウがぐったりしながらため息をつく。

「どうした？　疲れたか。まあ結構歩いたからな」

「それもありますが……もう驚き疲れたのであります」

「お、わかりみ～。結構この要塞驚き要素満載だったもんな！」

「………」

「あれ？　ヨウ？　どうしたの、疲れたなら休もうか？」

ヨウはなんだかうんざりしてるような表情で歩いて行く。

どうしたんだろうか……？

「ヴィル様、もうすぐコントロールルームです」

「お、いよいよか～」

ふふ、どんなやつが待ってるんだろ～。

「ヴィル様、ご機嫌ですね」

「まあな。こんなすげえ要塞作ったやつの顔、見てみたいしなぁ。話し合いで和解できそうだったら、是非友達になりたいくらいだぜ！」

俺はこの空中要塞の中を探索して、すっかり、制作者のことが気に入っていた。

同じ職人として、仲良くなれたらなぁ～。

「ヴィル様……気を引き締めてくださいであります。この中のやつは、うちから火の聖剣を奪い、また砂漠エルフたちの生活を脅かした、危険人物でありますぞ」

あ、そういやそうだった。

うーむ、他人のもの盗むのはいただけないなぁ。でもなぁ。

「何か事情があったんじゃあないかって思ってしまうよ」

「感情移入しすぎであります……」

「いやだってさぁ〜。こんだけすごいもん作るやつだぜ？　悪い職人じゃないと思うけど」

「……まあそれも、本人に会えばわかることでありますな」

そりゃそっか。

何も見ずに、人となりなんて決められないもんな。

そんなふうに通路を歩いて行くと……。

やがて、広いホールにたどり着いた。

どこか護神像《ごじんぞう》の中を彷彿とさせる、広いホールの中央には、これまた見覚えのあるクリスタルがあった。

そこに……小柄な女がいた。

「おー！　君か！　初めまして〜！」

俺は好意的に接しようと、笑顔で近づく。

すると……。

「ゔぃいいいいいいいいいいいいいいるぅうううううううううううううううううううう！」

あれ？　なんか知らないけど、めっちゃにらまれたんですけど？

「待っていたぞヴィルうぅうううううううううううう！　ぶっころしてやるぅううううううううううううううう！」

え、なんで切れてるのん？（困惑）

悲報、初対面の人にぶち切れられていた。

何でだろうか……ううん、俺、何か失礼なことをしただろうか……。

あ、そっか！

「初めまして、俺の名前はヴィル・クラフト！　君とは初めてだよね、よろしく！」

「ヴィルゥウウウウウウウウウウウウウウウウウウウウウウウウウ！」

「え、なんでキレてるの……？」

あれぇ？

あいさつを忘れてたからキレてるんじゃあないのか……？

違うの？　え、なんで怒ってるの？

ううん……わからん……。

「おまえ……ぼくを……ぼくを忘れたとは言わせないぞぉ！」

「ああ」

「だろぉ⁉」

「初対面だから忘れたも何もないぞ」

「あぁあああああ⁉」

ブチブチ……と額の血管が切れる音がする。

「いや、まじで君とは初めてここで出会ったばかりだ。初めましてのあいさつが遅れてほんと申し訳ない。よかったら仲良くしてほしいな、この要塞を作ったやつとはイイ友達になれそうでさ。なんつーか、感性が似てるっつーかさ～」

「アガァアアアアアアアアアアアッガアア！！！！！」

あ、あれ……？

さらにキレてる……？

「ヴぃ、ヴィル様……なにか逆鱗に触れるようなことしたのでありますか……？」

ヨウが怯えながら問うてくる。

うーん……。

「わからん。いったい何にキレてるのかまじで、さっぱり、これっぽっちも心当たりがなくってな……。なぁ君」

俺は女の子を指さして言う。

「俺、何かしちゃいました？」

びきっ、と女の子の表情が固まる。

血管が体中に浮かび、ぴくぴく……と眉間と口の端を痙攣させていた。

「ふ、ふふ……なにか、しちゃいました……だってぇえ……？」

ごごごご！　と彼女の体から魔力が吹き出す。

すごい量の魔力だ。

「今！　まさに！　地雷原で！　タップダンス踊ってんだよてめえよぉおおおおおおおおおおおおおおおおおおおおおおおおおおおおおおおおおおお！」

ん？

「いや、ここ地雷原じゃないけど」

「殺すぅうううううううううううううううううううううううううう！　ヴィルうぅううううううううううううう！　てめえは完膚なきまでに、ぶち殺してやるょおおおおおおおおおおお！」

初対面の人を、何か知らないが怒らせてしまった。反省。反省？　しようにも、俺何かしたのかなぁ……。

「まあいい、どっちにしろ空中要塞の攻撃は止めてもらいたくて、ここに来たんだ。止めてはくれないかな？」

「殺す！」

会話のキャッチボールができてないんだが……。

と、思ってると、彼女はその手を地面につける。

「ぼくの名前はウィニー！　おまえを殺す……女の名前だ！」

「そうか、ウィニーちゃんっていうのか！　若いのにこの物作りセンス、たいしたもんだと思うぜ？　どこで習ったんだ」

「殺す！！！！！！！！！！！！！」

だからキャッチボール……。

ううん、物作りは良いセンスしてるのに、どうやら職人として重要な、忍耐力ってもんが備わっていないようだ。

「できれば話し合いで……」

「もう殺す！　すぐ殺す！」

ごごお……！　と地面が揺れ出す。

すると床、および天井から、無数の腕が生えてきた。

「おお！　すげええ！」

壁が変形？　錬成の魔法？

いや、わからねえ！

わからねえから面白い！

「ヴぃ、ヴィル様！　感心してる場合でございますか！　攻撃してきますよ！」

「ねえちょっと分解してみせてもいい？」

「話聞いてない⁉」

いやそれよりさぁ、ねえ！

壁や床がそんな、腕みたいに生えて、ぐねぐね動いてるんだぜ？

どんな原理で動いてるんだろぉ！

気になる！

「死にさらせえええええええええええええええええええ！」

腕が殺到してくる。

無数の壁から生えたそれらを……。

「よいしょぉおおい！」

俺は神槌《しんつい》ミョルニルで、ぶっ叩いて壊した。

「ガンコジーさんが、言っていた。職人は口でなく、目で見て、手を動かし、己がものにしろとな！　つまり、そういうことだろ？」

俺と物作りバトルがしたいんだな！

「殺す！　ぼくのこと、とことん馬鹿にしやがって！　後悔させてやるからなぁ……！　ヴィルううううううう！」

「そんな！　馬鹿にしてないぜ！　これ作ったやつには、最大の敬意を払ってるぜ！」

それは本当だ。まじでこの空中要塞、すごいと思う。

発想が、すごいもんな。

「君の体と、物体とを合体させてるんだろ？」

「なっ!?　て、てめ……！　どうしてそれがわかるんだ!?」

「え、わかるでしょ？　一回壊したら、どんな道具でも、構造わかるでしょ？」

「わからねえよぉお！」

そうかぁ……？

「この空中要塞を作った、君ほどの職人なら、できると思うんだがなぁ」

「てめえはよぉお……」

なぜかぶち切れの表情で、ウィニーがつぶやく。

「無自覚に、地雷原を踏み抜いていくなぁ……！」

「え、地雷原？　どこどこ？」

「確かに……！　この要塞を作った人は！　すごい職人だし、その人なら……壊した物を一回で理解できるだろうよぉお！」

「だろぉ？　な！　俺たち仲間だぜ！」

「ああああああ今殺す！　すぐ殺すぅううううう！」

えー、何怒ってるのん……？

「そんなに、俺とウィニーちゃん、同じって思われるのがいやなのかな……？」

「てめえとあの人が同じなのが、いやなんだよおぉ……！」

あの人って誰……？

「もう良い殺す……準備は、整った」

「お！　まじか！　次は何見せてくれるの～？」

たのしみ～。

そんな様子の俺を、ヨウがあきれたように見ていた。

「命がけのバトルとは思えない、緊張感のなさでございます……」

《ウィニーSide》

ウィニーは、このふざけた態度の男を、ヴィルをできるだけ苦しませたあとに殺すつもりだった。

会話で時間を稼ぎ、そして作り上げた機構を発動させる。

「が……は……！」

「ヨウ……？」

ヨウと呼ばれた砂漠エルフの少女はその場に崩れ落ちた。

喉元をかきながら、白目を剥いて悶える。

「おろ……？」

ヴィルもまたよろめいた。

いいぞ……狙いどおりだとウィニーが内心でほくそ笑む。

「どうしたヴィルぅぅううう⁉　苦しそうじゃあないかぁ……！　なぁ……！」

そのまま訳もわからず苦しんで死ぬがいい。

「あ、なるほどぉ！　そういう仕組みかぁ……！」

ヴィルはなんだか笑顔になると、壁に向かってハンマーを叩きつける。

どがん！　という音とともに風が部屋の中に入り込んできた。

「ガハッ……！　はぁ……！　はぁ……！　はぁ……！」

「ヨウ、大丈夫か？」

「な、なんとか……」

ウィニーは驚愕する。

ヴィルは、この一瞬で部屋の仕掛けに気づいたというのか⁉

「酸素を部屋から除去してたんだな」

「くっ……！」

この部屋とウィニーとは同化している。

つまりここは彼女の腹の中と同義。

腹の中の空気だけを抜いて、外に出していたのだ。

……まあ、バレてしまったのだが。

「けど……これで終わりと思うなヴィル……！」

ウィニーの手に、火の聖剣ファイア・ローが出現する。

「ロー！！！」

元の持ち主であるヨウが叫ぶ。

そういえば、あの女から聖剣を奪ったのだと遅まきながら思い出した。

「それで何する？」

「こーすんだよぉ！　死ねええ！」

ウィニーは火の矢を放つ。

今、部屋の中は無酸素空間から、一気に酸素が入り込んでいる状態だ。

通常よりも酸素密度が高い。

そんなところに、火を放てばどうなるか……。

「燃えろぉ！」

ドガァアアアアアアアアアアアアアアアアアアアアアアアン！

……激しく燃え上がる炎は、ヴィルたちを丸焼きにした。

「しゃしゃしゃー！　ぼくの勝ちだぁ！」

「いやぁ、ナイスコンボ！」

「なにぃいいいいいいいいいいいいいい⁉」

激しい炎の一撃を受けても、ヴィルはけろっとしていた。

ありえない……確実に殺したはずだったのに！

「なるほど、無酸素空間で敵に窒息させる。よしんば空間から脱出しようとしたら、今度は火により丸焼きにするかぁ、考えたなぁ」

……余裕綽々で、解説してみせるヴィルが、心底恐ろしかった。

……なんだあの男は。

火の聖剣の持つ火力を、最大限生かした攻撃をしたはずだった。

しかしそれを真正面から受けても、ヴィルはけろっとしてる。

ありえない、物体全てを破壊せしめる炎を受けて……。

「どうして無事なんだ貴様⁉」

「え、身体の細胞を作り替えただけだけど？」

「何を言ってる⁉」

あれぇ？　とヴィルが首をかしげる。

「いや、ほらだってこの部屋って無事じゃん。君の攻撃を受けても」

……そのとおりだ。

万物を燃やし尽くす炎を受けても、部屋は無事である。

「察するにさっきの攻撃は、君を傷つけないようになってるんだ。多分無意識か、細胞がそもそもそういうものになってるか。だから俺は自分とヨウの細胞を、あんたのものと同じにした。その結果、攻撃を受けなかったってだけ」

……正直そこまで説明されても、何を言ってるのかわからない。

するとヴィルは首をかしげる。

「おかしいなぁ、こんなすごい物を作れるあんたなら、今のセリフも理解できると思ったんだけどなぁ？」

……恐ろしいのは、ヴィルがこれを別に、あおりで言っていないことである。

この建物を作ったのはウィニーではなく、彼女の父、七福塵《しちふくじん》である。

つまりだ。

おそらく父はヴィルの言ってることを理解できるのである。

……自分では理解できないことを、ヴィルは理解できる。

「いいや……ぼ、ぼくは認めない！　認めないぞぉ……！！！！！！！」

ばき、ごき……とウィニーの身体が変形していく。

火の聖剣を完全に取り込み、その形を別のものへと作り替えていく。

「うぉおお！　変形だぁ！　どうなるんだぁ!?」

……ヴィルを殺す形に作り替えているというのに、当の本人はウキウキだった。

《ヴィル Side》

ウィニーちゃんがキレてしまった。

俺は別に怒らせるつもりはなかったんだがなぁ。

「うごぉあおあああああああああああああああああああ！」

ごごご……！　とウィニーちゃんの身体が変化する。いや、違う。

「身体が聖剣……いや！　建物ごと取り込もうとしてるのであります!?」

確かに地面や周りにあるもの、全てがウィニーちゃんに取り込まれていく。

多分あの子の能力か何かなんだろう。

「ヴィル様！　脱出するであります！」

ヨウが俺の首根っこを掴んで走り出す。

すごい速さで走りさる。彼女の前には火の鳥が飛んでいた。多分ヨウが出した魔法矢だろう。

あの鳥に先導してもらいながら、俺たちは出口へと向かう。

しかし……。

「んな⁉　入り口が塞がれてるのであります⁉」

俺たちの前には反りたった壁があった。

多分この先に出口へのルートが本来あったのだろう。

ウィニーちゃんが通路を塞いでしまって、出れなくなったって訳か。

「いったいどうすれば……このままじゃ……うちらも取り込まれてしまうのであります！」

「問題ないだろ。万物破壊！」

俺は右手に宿った物作りスキル、万物破壊を発動。

壁を思いっきしなぐると、そこに巨大な穴が開く。

「よし、脱出だ」

「は、はいであります！　やっぱり万物破壊……規格外でありますよぉ～……すごい……」

走って行くとやがて出口へと到着した。

俺たちがぴょいっ、と外へ飛び出る。

「うひゃぁあああああああああああああああああああああ！」

ヨウと俺が空中へと投げ出される。

神鎚《しんつい》を使って空気のブロックを作り出し、その上に乗っかる。

「おー！　こいつぁ……すげえぜ！」

俺たちの前には、空中要塞だったものがあった。

しかし今は、姿をガラッと変える。

空を飛ぶ炎の魔神、とでも言えばいいのか。

炎でできた巨大な、人間型の何かがそこにはあった。

おそらく、ウィニーちゃんだ。

要塞と聖剣を取り込んで、姿を作り替えたのだろう……。

「うん！　すげえ……！」

「感心してどうするんでありますかぁ〜！」

俺たちの前には巨大な、炎の魔神が現れている。

人間っぽい上半身を持つそいつは、精霊のイフリートってやつに似てるように見えた。

だがでかい。

桁外れにでかい。多分聖剣ファイア・ローを取り込んで、そのパワーを使って動力としてるのだろう。

「いったん護神像《ごじんぞう》に戻るでありますか？」

「いや……ポロ！　下がっててくれ……！」

俺は空中を飛んでいる護神像《ごじんぞう》、アールマティ。

それを操作してるポロに向かって声を張り上げる。

ポロはおとなしく俺の言うことを聞いてくれた。

回転するカメはどこかへと飛んでいく。

「な、なんでありますか？」

「相性の問題だな。カメの回転アタックをしたら、多分溶けちまうしよ」

「た、確かに……あの中にはたくさんの砂漠エルフさんたちがいるし……じゃあどうやって倒すのであります？」

「ま、俺とおまえでやるしかないでしょう」

戦闘員は俺とヨウだけだしな。

ポロはいったん離脱してるわけだし。

「い、いけますかね……うち、ヴィル様の足を引っ張っちゃうんじゃ……」

「大丈夫大丈夫。てゆーか、おまえがいれば勝てるよ。優秀な狩人だしな」

「でも……ローがいないし……」

俺は笑って、ヨウの頭をなでる。

「んじゃ、俺がローの代わりにおまえをサポートする。二人で倒そうぜ！」

ヨウは目を閉じて、小さくうなずく。

その目にはさっきまでのような、迷いは感じられなかった。よし。いくか。

《ヨウSide》

二人で戦おうと、ヴィルは言った。

自分なんてまだまだひよっこ勇者なのに、彼は自分を見下さず、対等に扱ってくれる。

だから、好きなのだ。

「耐熱は付与しておいた。相手が近づいてきても燃え尽きて死ぬことはないぜ、安心しな」

「い、いつの間に……」

「さっき頭なでただろ？」

……あれは慰めてくれたとかじゃなくて、耐熱性を付与していたのか。

ヴィルのこと好きだから、ちょっと、がっかりした。

「来るぜ！　ヨウ！」

炎の魔神が雄叫びを上げる。

右手を振るうと、無数の噴石が飛んできた。

ヴィルがガードの体勢を取ろうとする。

自分をも守ってくれようとしているのだ。……優しい、でもその優しさにいつまでも甘えて良いのだろうか。

自分を対等に扱ってくれる、ヴィル。

聖剣のメンテもしてくれている、ヴィル。

そんな彼に自分は何を返せている？

……何も返せていない。

親友を取られて、取り返す手伝いをしてもらってる。いつもと同じ、彼にせっかく対等に扱ってもらっているのに……。

「……いつまでも、おんぶに抱っこは嫌だ！」

ヨウは魔法矢を構えて、全力で矢を放つ。

「竜の矢《レーザー・ショット》！」

極太のレーザーが一瞬で噴石を消し炭に変える。

「おー、やるじゃーん！」

ヨウはうなずいて矢をつがえる。

……だが、ぜんぜんだ。この弓ですら、自分の全力が出せない。

やっぱり……ファイア・ローがいる。

「ヴィル様！　ローを」

「そうだな、まずはローを救出だ」

ヴィルは神鎚《しんつい》を手に難しい顔をしていた。

『ゔぃるぅううう！　どうしたぁ、かかってこいよぉおおおお！』

巨大な炎の魔神が殴りかかってくる。

灼熱の拳が近づいてきても、ヴィルは空気の塊を使って足場を作り、避ける。

ヨウは魔法矢を打ち込んで敵の攻撃の軌道をずらしながら……。

おかしいと思った。

ヴィルには神器《じんぎ》を無限に複製するスキルがあったはずだ。

神器《じんぎ》は一つ一つが絶大なる威力をはらんでいる。

それをぶつけるだけで魔神には大ダメージが入ったはず。

今のも単に敵の攻撃に対して、神器《じんぎ》を複製してぶつければ、相手をひるませることができたはず……。

と、そこまで考えて、ヨウは思い至る。

敵は炎の魔神だ。並の武器ならドロドロに溶けてしまう。それか……！

『ひゃははは！　ゔぃるぅ！　どうしたよぉ、かかってこいよぉ！　おらおらおら……！』

魔神が調子に乗って連打を加えてくる。

ヴィルはその全てを体術のみで捌いていた。

……確定的だ。ヴィルは多分、畏れているのだ。

己の作った武器を、敵にぶつけることで、武器が溶けてしまうことを。
ヴィルは物にも心があると考えるタイプの職人だ。
ゆえに、武器を無為に炎にくべるようなことをしたくないのだろう。
……なら、ここは弓使いの自分が。
と思うが、そもそも聖剣ファイア・ローがなければ一〇〇%の力が出せない、ヨウ。
ローを回収するためには敵をひるませる必要がある。
けれどそのための決定打をヴィルが、打てないでいる。
……万事休すか。
『死ねぇえええええええええええええ！』
魔神が噴石の雨あられを降らせる中で、その合間に拳を振ってきた。
ヴィルにその攻撃が当たろうとした瞬間……。
ぎゅぉおお！　炎の拳が消滅したのである。
『なんだぁ⁉』
「ヴィル様……！　はせ参じました！」
しゅた、と空気ブロックの上に、獣人ポロが華麗に着地する。
その両手には光と闇の聖剣が握られていた。
今のは闇の聖剣の効果。
あらゆるものを飲み込む闇の力で、敵の炎を吸い込んだのである。
「三人であの化け物をやっつけましょう！」
なんと、心強いことか。ヨウはうなずいて、武器を構える。

★

ヴィルたちのもとへ、ポロが聖剣を手に現れた。

「さ、ヨウさん！　一緒に大事なお友達を、取り返しましょう！」

明るい笑顔でポロが言う。

だがそれを聞いて、ヨウは不思議に思う。

「……な、んで？」

「え？」

「どうして……うちに手を貸すのでありますか？」

ヴィルは、なんとなくわかる。

彼にとって物、聖剣が大事。

悪人の手に渡らないよう、手を貸してくれる。そこまでは理解できる。

問題はポロだ。

彼女が危険を冒してまで、自分に手を貸してくれる道理はない。

あの炎の魔神は、見るだけでわかる、かなり強力な敵だ。

下手をしたらポロに大ダメージが入る可能性はある。

ヴィルはそれをわかっていたから、ポロを下がらせた気がする。

そう……わざわざその身を危険にさらしてまで、助ける理由はポロにはないはずなのだ。

「何言ってるんですか」

ポロがニコッと笑う。

「友達が困っていたら、助ける。でしょう？」

「友達……」

「って、私は獣人国で習いました」

……友達とはいえ、そこまで深い仲になっていただろうか……。

そう考えて、野営したときに、一緒にヴィルのどこが好きかと話したことを思い出した。

ここに至るまでの旅路で、仲良くなっていた、ということだろうか。

友達……。

「……初めて、であります」

ヨウの出自は特殊だ。

砂漠エルフたちからも、エルフたちからも、仲間外れだった。

ずっと彼女は一人だった。

それでいいと思った。だって自分は狩人だから。

……でも。

狩人である以前に、彼女は一人の女の子だ。

本当は友達とおしゃべりしたり、お出かけしたりしたい。

……友達、そうだ、友達がほしかったんだ。

自分の聖剣《ロー》以外の、本当の友達が……。

「ポロ……さん。おねがい、手伝って！」

ヨウのお願いに、ポロが力強くうなずく。

ヴィルはその様子を見て、微笑んでいた。

「よーっしゃ！　じゃあ……三人で、あいつぶっ倒そうぜ！」

「「はい！」」

第七話　伝説の鍛冶師は、勇者と共に悪を討つ

ポロ、ヨウの二人と協力して、炎の魔神となったウィニーちゃんを討伐することにした。

ほんとは年端のいかない子を攻撃することに、抵抗感を覚える。

しかも、彼女は間違いなく天才の部類に入る職人だ。

才能を失わせるわけには……いかないぜ。

でも炎の魔神は俺たちを、そして砂漠エルフの住処を壊そうとしていた。

そんなふうに他者を、理不尽に壊すやつは許せない。

彼女は職人としては優れてるかも知れないけど、その道具を悪事に使うのは……許せない。残念だ、非常に、残念だよ。

「ということで、壊させてもらうぜ！　ポロ！」

俺は神鎚《しんつい》ミョルニルを使って、空中に無数の空気ブロックを出現させる。

ポロはそのブロックを足場にして、炎の魔神へと接近する。

『くたばれえええええええええ！』

「そっちが！」

魔神が手を振る。

その手を、ヨウの魔法矢で弾いた。

ポロはタンッ……！　とブロックを蹴って間合いを詰めようとする。

だが……。

ゴォオオオオオオオオオオ……！

「くっ……！　なんて熱風……！」

ポロは両腕でガードし、魔神の体から吹き出した熱風をガード。

しかしかなり勢いのある攻撃であるらしく、ポロが木の葉のように吹き飛ばされる。

俺はムササビマントを装着して空を飛び、彼女を抱きしめる。

「全修復」

神鎚《しんつい》ミョルニルでポロの頬を軽く叩く。

火傷を負っていたポロの皮膚がみるみるうちに戻っていく。

「ありがとうございます……！」

「なんの。しかし厄介だな、あいつ」

魔神は接近をゆるさない、圧倒的な火力を持つ。

アレを攻略しないとだめだな。

よし。

俺は神鎚《しんつい》を手に取る。

「[redacted]《ボックス》」

俺の目の前に、黒い立方体の[redacted]《ボックス》が現れる。

「あの魔神をどうにかする、アイテムを取り出すのでありますか？」

ヨウが魔法矢で魔神の腕を弾き返しながら尋ねてくる。

「まあ、似たようなものだ。一人で手に余るから、神器《じんぎ》の……聖剣の力を使う」

「聖剣……まさか、氷の聖剣と水の聖剣ですか？」

「そのとおり」

「なるほど、その二本を複製するのですね、ヴィル様の最強のスキル、無限贋作複製で」

ポロの言葉に俺は首を振った。

「まあそれでもできるんだが、俺は複製ってやりたくないんだよ」

俺は物に魂が宿っていると思ってる。

複製っていうのは、その魂の尊厳を踏みにじってるようで、やりたくないのだ。

「では、どうするのですか？」

「こうするんだよ」
■《ボックス》の中から、さらに別の箱が飛び出してきた。
「きれいな箱……」

それは白、そして青色の箱だ。
■《ボックス》よりもやや小さいが、表面には美しい模様が描かれている。
「なんて……緻密な魔法陣が付与されてるのでありますか……？」

目の良いヨウは、この箱の細工に気づいたらしい。

「来たれ、【アイス・バーグ】、【アクア・テール】！」

白と青の箱が、バカッ！　と開いた。

その瞬間……箱の中からまばゆい光があふれ出る。

「これは……転移ですか？」

「いや！　これもっと高度な……召喚の魔法陣！」

そう、召喚の魔法陣と魔道具を組み合わせた、新しい神器《じんぎ》。

「！　キャロラインさまに……ペルシャさま⁉」

現れたのは、氷の勇者キャロラインと、水の勇者ペルシャだ。

俺の呼びかけに応じてくれた。

「これが俺の新しい神器《じんぎ》、【英雄召喚箱《サモン・ブレイブ》】。神器《じんぎ》使いを召喚する神器《じんぎ》だ」

と、そこへ……。

「……ヴィル様っ」

氷の聖剣、アイス・バーグの使い手、キャロライン。

クールな印象を受ける彼女が、頬を赤らめ、俺の腕にくっついてくる。

「悪いな、呼び出して」

「……気にしないでくださいっ！　ヴィル様のためなら、たとえ火の中水の中です！」

彼女ら勇者にも自分の生活がある。

俺の都合で呼び出すってことは、迷惑かけるってことと同義だからな、気にしてたんだ。

でもキャロラインは笑顔だった。

どうやらちょうど暇だったみたいだな。良かった。

「ヴィル。久しぶりですね」

「悪いな、ペルシャ」

「いいえ、あなたのためですもの、喜んで」

獣人の女王ペルシャ。

こないだ訪れた、獣人国ネログーマの長だ。

彼女だって忙しいだろうに、来てもらえてうれしかった。

「勇者様方！　おひさしぶりです！」

ポロが二人に頭を下げる。

ペルシャは微笑みながら、キャロラインはクールな表情でうなずく。

「ポロさん、少し見ない間にとても成長しましたね。娘もびっくりすると思いますよ」

そういや、ポロはペルシャに訓練をつけてもらっていたことがあったな。

その彼女から見ても、ポロは成長してるように見えるのだろう。

俺も同意見だぜ。

「……それで、ヴィル様。敵は？」

「あれだ」

炎の魔神を指さして言う。

今はヨウが、魔法矢で一人で対処してるところだ。

「まあ、フォティヤトゥヤァの勇者さまじゃあありませんか」

「……またヴィル様に違う女が。くそが」

俺は二人に言う。

「あの熱のせいで近づけない。二人の力で、あの炎をなんとかしてくれ」

二人がうなずくと、それぞれ聖剣を手にする。

レイピアの形をした、氷の聖剣アイス・バーグ。

長槍の形をした、水の聖剣アクア・テール。

彼女らの力が合わされば、あんな炎なんてへでもないだろう。

キャロラインとペルシャはうなずき合うと、聖剣を手に持って構える。

「ポロ、ヨウ、俺たちは二人の護衛だ。彼女らの準備が整うまでの時間を稼ぐぞ」

「「了解！」」

氷の力、そして水の力を、それぞれ聖剣にためる勇者二名。

発動までには少し時間がかかる、その間二人を守るのが俺たちの仕事だ。

『くだばれぇえええええええええええええええええええええええええ！』

炎の魔神の背中から腕がさらに生える。

「腕増えた！　六本も！」

「来るのであります！」

巨大な腕を振り上げると、恐ろしい速さで、炎の拳を繰り出してきた。

「星の矢《アサルト・ショット》！」

どば！　と無数の魔法矢が照射されるも、敵の拳に当たっては簡単に砕け散る。

相当の膂力《りょりょく》と熱量を持ってるようだな。

「ぜやぁ……！」

ポロは獣人由来の俊敏さで、俺の作った空気ブロックを跳びはねると……。

闇の聖剣を用いて何もない空間に穴を開ける。

ずぉおおお……！　と穴に向かって空気が吸い込まれていく。

闇の力は全てを吸い込む。

その力をもってして拳の軌道をそらしたのだ。

だがそれも、ポロのいるガワの拳だけ。

逆サイドの拳がキャロラインたちに襲いかかる。

「錬成……！」

カツン！　と俺は神鎚《しんつい》を使って、空気を錬成し巨大な壁を作り出す。

「無茶であります！　パンチを正面から受け止めたら壁が壊れて……」

「だろうな。だから……」

拳は急に向きを変えてあさっての方向へ。

「そうか……壁を正面ではなく、角度を付けたのですね！」

真っ正面から受けるのではなく、力のベクトルをほんの少し変えるだけ。

さすれば、拳はずれていく。

俺たちの仕事はあくまでも時間稼ぎ。

防衛じゃあないのだ。

「さ、どんどん来いよウィニーちゃん。全部避けきってみせるぜ」

『くそがぁあああああああああああああああああああ！』

敵の攻撃を俺、ポロ、ヨウの三人で捌く。

ポロはヨウの魔法矢をも足場にして、縦横無尽に空を駆ける。

『ちょこまかとうぜええええええええんだよぉおおおおおおおおおおおお！』

ぐぐぐう、とウィニーちゃんが体を縮めると……。

「まずい！　爆発するであります！」

目の良いヨウは次の行動を予測していた。

体を爆発させて、周りのやつらを皆殺しにするつもりだな。

「そうはさせっかよ！　■《ボックス》！」

俺は■《ボックス》の中からモドレコ時計を取り出す。

どがん！　とウィニーちゃんが破裂すると同時に発動。

擬似的に時間を巻き戻す新しい魔道具だ。

はじけ飛んだウィニーちゃんの体が元通りになる。

『貴様が一番厄介極まりないな、ヴィルぅううううううう！』

どどどど！　と四方八方から噴石が飛んでくる。

そのときである。

ズバンッ……！！！！

「おおっと、あたいを忘れては困るねえ」

「ライカ！」

雷の勇者ライカ・サンダーソーンが、いつの間にか現れていたのである。

さっき開いた■《ボックス》から、黄色い箱が開いていた。

「おまえ呼んでないのに……」

「水くさいぜ先生！　恩を返す絶好のチャンスじゃあないかい！　あたいも躍らせろい！」

ま、いっか。

勇者が多ければ多いほど、時間稼ぎは楽になる。

《ウィニー Side》

「くそくそくそくそ！　なんなんだよぉ！」

炎の魔神となったウィニーは苛立ち叫ぶ。

彼女の体は、空中要塞と完全に同化していた。

この要塞にはたくさんの神器《じんぎ》が使われていた。

それら全てウィニーの親、七福塵《しちふくじん》が用意した物だ。

トラップや壁にいたるまで、たくさんの神器《じんぎ》が配置してあったこの要塞を、ウィニーは取り込んだ。つまり、神器《じんぎ》がウィニーの体を構築してると言ってもいい。

その数なんと、九九九個。

そこに聖剣ファイア・ローが加わり、合計で一〇〇〇個の神器《じんぎ》が合体して作られたのが、この炎の魔神というわけだ。

神器《じんぎ》は一つで、国一つ滅ぼす力を持つ。

それが一〇〇〇個も集まれば、この星の制圧なんて簡単な……はずだった。

だが、実際はどうだ。

たかが、数人の人間すら倒せないでいる。

「なんでだよぉおお！　どうしてだよぉおお！　神器《じんぎ》を身に付けて、強くなったんだよぉおおおおおおおおおおおお！」

ヴィルも、勇者たちも実感はないのだろうが、今現在この星は危機的状況にあるのだ。

なにせ国を滅ぼす神器《じんぎ》が一〇〇〇も集まって、人類に刃を向けているからだ。

だが彼らが脅威に感じていない理由は二つ。

一つは言わずもがな……ヴィル・クラフトの存在。

彼がいることで被害がまるで拡大しないのだ。

勇者たちは気づいていないようだが、魔神たちの熱をよそに逃がさぬよう、ヴィルは空気の層で城を作っていた。また、彼がいることで勇者たちの使う武器が、通常より高いパフォーマンスを発揮している。といっても、彼が意識して何かしているのではない。

……聖剣たちが、勇者と同様に、自発的に、ヴィルのために何かしたい。

そう思うことで、聖剣のパフォーマンスを一〇〇％以上……いや、二〇〇％に引き上げているのだ。

物に心があると、そう本気で思って、行動しているヴィルだからこそできる、バフ効果と言えた。

……一方、ウィニーはと言うと……。

「クズ神器《じんぎ》ども！　ふざけるなよ！　おまえらこんなたくさん集まってなんだこのていたらくはよぉお！」

ウィニーは自分の劣勢を全て、神器《じんぎ》のせいにしていた。

だが神器《じんぎ》のパフォーマンスを下げているのは、ウィニー自身である。

ウィニーは神器《じんぎ》たちを、ただくっつけただけだった。

どれとどれを組み合わせるのが、最大の威力を発揮するか、など。

そういうことをまるで考えず、とりあえず数を作って、一〇〇〇個くっつけてみただけ。

その結果どうなったかというと、神器《じんぎ》同士で効果を打ち消しあったり、元の形を無理矢理変えたことで、最大の効果を発揮できなくなったりした。

……そう、神器《じんぎ》が弱いのではない。それを扱う、ウィニーが悪いのである。

道具を大事にするヴィルは、人にも物にも好かれて、戦闘を優位に進めている。

道具をないがしろにするウィニーは、全てに嫌われ、劣勢を強いられている。
どんな道具を使うかではない、誰がそれを使うのか。
それが……この戦いにおいて、最も重要なファクターであった。
そのことを……ウィニーは知らなかった。
そして悲しいことに、ヴィルもまた知らない。
普段の行いの差が、こうして目に見える形で、あらわになっているのだが……。
さて。
ウィニーはヴィルに邪魔をされて決定打となる攻撃を放てないでいた。
相手は明らかに時間を稼いでいる。
特に水の勇者、そして氷の勇者は力をためているのがわかった。
早めにとどめを刺す必要があったのに……。
『ヴィルてめえええええ！』
ウィニーの体を構成する神器《じんぎ》を溶かし、それを超圧縮する。
神器《じんぎ》が秘めた超パワーを無理矢理圧縮して……。
『くたばりゃぁあああああああああああああああああああああ！』
前方に向かって熱線を放つ。
『灼熱地獄光《インフェルノ・レイ》！』
炎、光、二属性の極大魔法を合成して放つ……複合極大魔法。
通常、極大魔法を合成するのは不可能だ。
右を見ながら左を見るようなもの。

しかしウィニーはやってのけたのだ。

自分の中に二つの人格を作ることで、それを可能にしたのである。

『どうだぁああああ！　ヴィルぅううううううううううう！』

ウィニーの放った極大の熱線……。

大気を焦がし、山を、海を、星を穿つほどの威力を孕んだ熱線を前にして……。

「す、すげえええええええええええ！」

ヴィルはまるで新しいオモチャを見つけたような、無邪気な笑みを浮かべていた。

「複合極大魔法!?　スゲえ！　体の中に二つの自我を芽生えさせることで実現させてるのか！　うぉー！　すげー！」

……いや、すごいのはこいつだ。

初めて見る魔法を、一瞬でその構造を理解して見せたのだから。

「万物破壊！」

ヴィルは逃げることなく、熱線を真っ正面から受けるようだ。

神鎚《しんつい》ミョルニルに力を付与し、そして、熱線めがけて振るった。

……正気を疑った。

生身で受ければ魂まで蒸発するような、凄まじい威力の熱線。

それを前にして避けなかった、その胆力に度肝を抜かれる。

……そして何より。灼熱地獄光《インフェルノ・レイ》を破壊して見せた、その、恐るべき力……。

「いいねえ複合極大魔法かぁ！　今ぶっ壊して完全に構造理解したぜ！　新しいインスピレーションくれて、さんきゅーな！」

……自分の命がかかっていたというのに、彼は笑っていた。

狂気。が、その姿は、どうしようもなく、ウィニーに彼を作った親の存在を想起させる。

七福塵《しちふくじん》。父の……存在を。

『くそ……くそぉ！　なんで……パパを思い出すんだよ！　くそ！　ぼくが……ぼくが……パパの娘にふさわしいのにぃいい！』

どうしようもないくらい、ヴィルと七福塵《しちふくじん》は似ていた。

それこそ……本当の親子のように。

それがウィニーにとっては許せなかった。

父の寵愛を受けるのは、自分だけであるべきだと思っているから。

《ヴィル Side》

「……ヴィル様っ、準備が整いました！」

氷の勇者キャロラインが、レイピアを構えながら言う。

確かに彼女の持つ聖剣アイス・バーグからは、全てを凍りつかせるような凍てつく波動を感じる。

「こちらも準備万端です、ヴィル」

水の勇者ペルシャは長槍を構えながら言う。

彼女の所有する聖剣、アクア・テールの周りには無数の水球が浮かんでいた。

氷と水、二つの力を同時に発動させ、炎の魔神となったウィニーちゃんの体温を下げる。

そこへ、俺が接近して、彼女の体に組み込まれた炎の聖剣ファイア・ローを回収する。

それが今回の作戦だ。しかし……。

「待った。ちょっと足りないかもしれない」

「「どうしてですか？」」

「なんとなくだけど、ウィニーの体から、他の神器《じんぎ》の力を感じるんだ」

ほんとになんとなくなんだけどな。

まあ、あえて言語化するとしたら、あれほどまでの高熱を発していて、体が融解しないところだろうか。

「すごいです……ヴィル様はそんなことまでわかってしまうのですね！」

魔神の攻撃を闇の聖剣で消し飛ばしながら、ポロが感心したように言う。

火の勇者ヨウは魔法矢で敵の攻撃を打ち落としながら尋ねてくる。

「ではどうするのでありますか？　氷と水、お二人の力を使って敵の温度を下げる作戦は……？」

「それはこのまま続行する。ただ、やり方を少し変える」

俺はキャロラインとペルシャを見て、考えを言う。

「なあ二人とも、俺に神器《じんぎ》をあずけて……」「「もちろん！」」「くれないか、ってまだ言い終わってないんだが……」

キャロラインは笑顔でうなずく。

「……ヴィル様のお願いなら、なんだっていたします」

「ええ、キャロラインさんの言うとおりですわ。あなたになら全てを委ねることができる」

職人としての俺を信頼しての発言だろう。

力を認めてもらえたことがうれしかった……が。

同時に、ちょっと申し訳なかった。

「ごめん、これから俺がやることって、だいぶ個人的な事情が入ってるんだ」

「個人的な……？」「事情……？」

「ああ、さっきウィニーちゃんの複合極大魔法、あったろ？　アレ見てさ……創ってみたいなって、思ったんだ」

二つの究極の力を組み合わせた先に、どんなすごい道具があるのか。

俺は、見てみたいと個人的に思ってしまったのである。

「……ヴィル様らしいです」

「もちろん、勝算もおありのことでしょう？」

そうだ。

まあ好奇心からってのも強いんだけど、二つを組み合わせれば、炎の魔神が宿す炎を、どうにかできるって予感がするのだ。

「二人とも、いいか？」

「「ええ、もちろん！」」

「おっし……じゃあ、俺に向かって、神器解放《リリース》を行ってくれ！」

神器解放《リリース》。それは、神器《じんぎ》に秘められし力を解放して、相手にぶつける、神器《じんぎ》使いの最大の奥義だ。

二人はうなずいて、レイピアと長槍を構えて、力を解き放つ。

「「神器解放《リリース》……！」」

「超錬成……！」

二人の勇者の力、そして、俺の黄金の手の力が、渾然一体となって……。

新たなる伝説が、生まれようとしてる、そんな予感に、俺はただひたすらにワクワクしてた。

★

キャロラインの神器《じんぎ》は、氷の聖剣。

その剣精（神器《じんぎ》の意思）は、猫の姿をしていた。

一方ペルシャの剣精は、子狐の姿をしている。

神器解放《リリース》によって、巨大な氷の猫と水の狐が召喚される……。

それが、通常の神器解放《リリース》。しかし、俺はその二つの神器《じんぎ》を、合体させる。

ウィニーちゃんが見せてくれた、複合極大魔法から着想を得た……。

いわば、複合神器《じんぎ》とでも言うのか。

俺のイメージを受けて、新しい聖剣の姿が現れる。

『おお……なんやこれ……！』

『これは……九尾の、狐ですえ？』

上空に浮かんでいるのは、美しい一匹の巨大な狐だ。

ただし、そのお尻からは、九本の大きな尻尾が生えている。

「……極東の伝承にある、九尾の狐。……それを神器《じんぎ》で再現してるということでしょうか」

複合神器《じんぎ》……水の九尾の狐を見ながら、勇者たちが呆然とつぶやく。

「すごいです、ヴィル……アクアの力が、何十……何百……ううん、前と比べものにならないくらい、強い力を感じます」

巨大な九尾の狐の出現に、ウィニーちゃんが驚き、困惑しながらも……。

『だ、だからなんだ……！　二つの神器《じんぎ》が合わさったくらいでさ！　こっちだって複数の神器《じんぎ》が組み込まれてる！　数で言えば、こっちのほうが多いんだぞ！』

ウィニーちゃんの体は無数の神器《じんぎ》を溶かし、粘土のようにこねて作られている。

なるほど、彼女の言うとおり、神器《じんぎ》の数では負けてるかも知れない。

だが……。

「……どちらが強いかは」

「ぶつかればわかることでしょう」

すっ、とキャロラインとペルシャが手を前に出す。

九尾の狐が尾を広げ、そして鳴く。

くぉおおおおおおおおおおおおおおおおおおおん…………………。

その瞬間だ。

びきっ、ばきっ、ぱっきぃいいいいいいいいいいいいん！

『な、なにぃい⁉　か、体が……一瞬で……！　凍りついただとぉ⁉』

《ウィニーSide》

ヴィルの創った、新しい神器《じんぎ》。

複合神器《じんぎ》。

二つの神器《じんぎ》を組み合わせることで、さらなる効果を発揮するというもの。

キャロラインの氷の聖剣、そしてペルシャの水の聖剣。

二つを組み合わせできた、複合神器《じんぎ》。

「名付けるなら……『霧氷九尾』、なんてね」

ヴィルがどや顔で名付けた。

その瞬間、霧氷九尾がさらに強く輝く。

ヴィルという天才職人が銘をつけることで、神器《じんぎ》としての格が一段階上がったのだ。

もちろんヴィルは気づいていない。

「くぉおおおおおおおおおん！」

霧氷九尾が再び、鳴く。

すると体が粉々に砕け散った。

ウィニーのいる核だけが残されている。

「ポロ！　俺をおぶってあそこへ運んでくれ」

「わかりました！」

ポロがヴィルを背負うと、空気ブロックをたんたんたん！　と軽やかに踏みつけて接近。

そのままヴィルはポロの背中を蹴って、ウィニーのもとへ。

「全修復……！」

ヴィルの神鎚《しんつい》ミョルニルが、ウィニーの核をぶっ叩く。

その瞬間、彼女の体から、一本の弓が分離された。

「ロー！」

火の聖剣ファイア・ロー。

ウィニーの体に組み込まれた、ヨウの相棒だ。

ヴィルはローを回収。

落ちていくヴィルをポロがキャッチすると、ヨウのもとへと戻ってきた。

「ほら、ヨウ。もうなくしちゃだめだぜ？」

ヨウはヴィルから聖剣を受け取ると、涙を流しなら、何度も頭を下げる。

「ありがとうございました、ヴィル様！」

さて。

ヴィルによって炎の体は凍結させられ、さらに取り込んでいた火の聖剣は分離させられた。

体に満ちていたエネルギーは一瞬で枯渇し……巨体を維持できず、ボロボロと崩れていく……。

『くそ……！　くそぉおおお！　うごけえ！　うごけよぉおおおおおおおお！』

ウィニーが叫ぶも、意思に反して、体は動こうとしない。

ヴィルはその様子を見て、こう分析する。

「無駄だぜ。君の体は火の聖剣ファイア・ローが生み出す熱エネルギーを動力としていた。動力源を失った今、その体はもはや動かすことはできない」

たとえ神器《じんぎ》が複数個集まっていたとしても、それを運用するだけのエネルギーが足りない。

ヴィルの言うとおりだ。

だが……彼の言葉を認めたくなかった。

それすなわち、自らの敗北を認めることになるから。

『いや……だ……いやだ……！　ぼ、ぼくは……負けない……ぼくは……ぼくはぁああああああああああああああああああ！』

びき、びきびき……！　とウィニーの体に亀裂が走る。

「まずいぜ先生！」

「相手は自爆するつもりでございます！」

雷の勇者ライカ、そして火の勇者ヨウが叫ぶ。

ヴィルもそう思ってるのかうなずく。

「俺がぶっ壊す」

「いや、ここはあたいにまかせな！」

「うちも、やります！」

ざんっ、と二人の勇者が聖剣を構える。

その間になけなしのエネルギーを貯めて……一気に放出した。

ドガァアアアアアアアアアアアアアアアアアアアアアアアン……！

ウィニーが発動させたのは……なんと万物破壊のスキルであった。

それはヴィルの使っていた、黄金の手に宿る物作りスキルの一つ。

ウィニーは追い詰められた末に、敵の力を模倣したのである。

彼女の能力はあらゆる物に変化が可能となる。

それすなわち、ヴィルの力をまねることも可能なのだ。

……彼女は追い詰められて、最後の最後に、最も憎むべき敵から力をコピーしたのである。

それはヴィルの力を認めることになるのだが……。

それはさておき。

ウィニーは自分の体を構成する神器《じんぎ》を使って、万物破壊のエネルギーを発生させる神器《じんぎ》へと変えたのだ。

彼女を中心として無限に、破壊の光が周囲に広がるという、最悪の神器《じんぎ》が完成したのである。

本来ならこの神器《じんぎ》が完成した瞬間、この星まるごと、地上に住まう生命は死滅した……はずだった。

『くそがぁ……！　結界かぁあああああああああああああああ！』

ウィニーを中心に、五人の勇者が取り囲んでいる。

彼女らの持つ聖剣を頂点として、五芒星の結界が完成していた。

「すごいです、ヴィル様！　土壇場で、こんなすごい結界を創ってみせるなんて！」

ヴィルと勇者たちによる、最強の防御結界神器《じんぎ》。

それは結界内にある攻撃を、全て無効化するというもの。

ウィニーが力を発動させるあの一瞬で、敵の意図を見抜き……。

一瞬でアイディアを思いつき、そして……勇者の聖剣を使った防御結界神器《じんぎ》を完成させたのだ。

『くそ！　くそぉ！　こわれろよぉおおおおおおおおおおおお！』

「悪いな、壊れないよ」

結界内には、外殻を失って、素肌をさらすウィニー。

そして……彼女の前には、

「ヴィルぅうううううううううううううううううううううううううううううううううう

う！！！！！」

仇敵、ヴィル・クラフトがいた。

この中は破壊の光で満ちてるはずなのに、けろっとした顔で立っている。

「さぁ、最終ラウンドだ」

第八話　伝説の鍛冶師は、ボスを倒す

勇者五人によって、聖なる結界を構築。

その中には俺と、破壊のエネルギーをまき散らすウィニーちゃんの二人が取り残されている状態だ。

「なんでだよお！　ぼくの破壊の力を受けて、なぁあんで平然としてるんだよぉおお！」

なるほど、ウィニーちゃんの中では、万物破壊の光は最高傑作なのか。

わかる。すげえと思う。でも……だ。

「簡単な話さ。破壊される都度、修復してる、それだけだ！」

「はぁああああああああああ!?　なんだよぉそれええ！」

俺の六つある物作りスキルの一つ、全修復。

相手の破壊の光を浴びるたびに、自動で、全修復が発動するように、超錬成スキルを使って調節したのだ。

「ウィニーちゃん、君が教えてくれたんだぜ？　スキルを創り出すことができるってさ！」

万物破壊スキルを、物体に付与するのではなく、スキルそのものを創り出した。

これは目からうろこ、俺にはない発想だった！

ならば、スキルを使って、スキルを創り出す、調整することも……可能だと気づかせてくれた！

「ありがとう！　同じ職人として……ちょーリスペクトだぜ！」

「ぎが、ご、この、やろぉおお！　ぼくを……おちょくりやがってぇええええええええええええええええ！」

いや、おちょくってないんだが……。

万物破壊の光がウィニーちゃんの身体の中に充填されていく。

彼女の身体が、全身真っ黒になる。

体中からバチバチ！　と稲妻が発生していた。

「万物破壊スキルを元に創った、肉体だ！　触れるだけで破壊される超すごいボディ！　どうだ！　すごいだろぉ！」

「ああ、すげえ！」

「だからほめるなぁああああああああああああああ！」

えー!?　なんで……？

すごいもん創ってるんだから、褒めていいじゃん……何でぶち切れるんだろ……？

「ぼくはヴィルぅうううううううう！　おまえを超えたいんだよぉおおおおおおおおおおおおおおおおお！」

万物破壊スキルで創った肉体で、ウィニーちゃんが突っ込んでくる。

破壊のエネルギーを運動エネルギーに変えているのか、凄まじいスピードだ。

「死ねやぁああああああああああああああああああ！」

ひょいっ。

「はぁああああああああああああああああああああ!?」

すっ飛んでいくウィニーちゃん。

その勢いを止められないのか、勇者の結界に突っ込む。

どがぁん！　という大きな音を立ててようやく静止した。

「な、なんで避けられた⁉」

「いや、動体視力を肉体改造《フィジカル・ブースト》で強化したからな」

それを用いて動体視力を上げた結果、ウィニーちゃんの攻撃を見切れるってわけ。

「てゆーか、ウィニーちゃん。発想は悪くないけど悪手だぜそりゃ」

「なにが……だ……！」

彼女がまた突っ込んでくる。

ひょいっ。どがぁああああああああん！

「肉体を人間ベースにした時点で、攻撃の幅がちょーせばまる。それに、君はその有り余るエネルギーを十全に使い切れていない」

ようするに、道具はすごいけど、使い方がなってないってこった。

「それなら身体は元のママ、力を神器《じんぎ》に圧縮して使うほうがまだましだったんじゃあないの？」

「だ、だまれぇ！」

ウィニーちゃんがそう言いつつも、自分の肉体をさらに改造する。

悪態をつきながらも、アップデートするその姿勢は、すごいと思うよ。

右腕が黒く変色し、それが剣に変わる。

なるほど、破壊の力を集中し、剣に変えたわけか。

「これならどうだぁ……！」

「いいね、来いよ！」

ウィニーちゃんが万物破壊のスキルを創り上げ、それを肉体に取り込み、剣へと変えた。

その剣には破壊の稲妻が宿っている。

彼女は凄まじい速度で近づくと、熟達した剣士の動きで、斬撃を放ってきた。

がきぃいいいいいいいいいいいいん！

「なっ⁉　て、てめえ……！　どうして剣を受け止められる⁉」

ウィニーちゃんは剣士の動きをしていた。

たぶん剣術スキルを創り出して、己に付与したのだろう。

剣術スキル＋破壊の剣……ううん、魔剣。

その二つのコンボの前に、単なる鍛冶師である俺が敵うわけがない……はずだった。

しかし俺は、魔剣を神鎚《しんつい》ミョルニルで受け止めてる。

がきんっ！　きんっ！　きんきんきんきんっ！

「剣術が受け流される……これは、剣士の動き！　てめえどうやって……！　ぼくと同じ、スキルを創ったのか⁉」

「違うよ。力を借りてるだけさ」

「なんだとぉお⁉」

俺の体は青白く光り輝いている。

「俺は氷の勇者キャロラインの動きを、トレースしてるのさ」

「わけがわからないぞ……！」

ぐっ、だんっ……！　と突っ込んでくるウィニーちゃん。

光速の斬撃で俺を粉みじんにしようとする。

キンキンキンキンキンキンキンキンキンキンキンキンキンキンキン！

「俺は今までたくさんの武器を作ってきた。その武器のへこみ具合、摩耗具合から、どういう動きで、どういう攻撃を放ってきたのか……読み取ることができる」

俺はウィニーちゃんの攻撃をいなしながら言う。

「そこから応用発展し……。俺は、触れたことのある武器や道具から、使い手の動きを読み取り……トレースすることができる」

それを、超錬成スキルを使って、肉体を改造することで、その動きを一〇〇％トレースする。

「これが、鍛冶師の戦法。【英雄再現《トーレサビリティ》】だ」

「んだよぉそれえええ！　意味わからねえよぉ！」

魔剣を手に、ウィニーちゃんが斬りかかってきた。

剣術スキルを創出し、それを使ってる彼女の動きは実に流麗だ。

俺を効率よく殺そうと、斬撃を放ってくる。

一方で俺は■《ボックス》から、かつて作った鉄の剣を手に持って、彼女の剣を受け流す。

どんな攻撃も受け流し、華麗に避けて見せる。

氷の勇者キャロラインの動きを再現してるのだ。

『すごいで……ヴィルやん』

「アイス」

キャロラインの聖剣の意思、剣精アイス・バーグが驚いたような声を上げる。

『完璧に、うちのキャロラインの動きや。信じられへんわ……ほんまに触れただけで、その武器の持ち主の動きをまねられるなんて』

「そんなに信じられないか？　簡単だと思うんだけど」

たとえば、刃こぼれ。

それを見れば、どんな力で剣を振り、その結果刃こぼれしたのかわかる。

柄のすり切れ具合を見れば、どの程度の力で握っていたのかわかる。

そんなふうに、道具には使い手の記憶がたっぷり染みついてるのだ。

それを読み取り、再現する。難しいことじゃあない。

『いやいやいや、むずかしいわ！　人間業じゃぁないで！』

「ああ、職人技だしな」

『誰が上手いことを言えと……！』

英雄再現《トーレサビリティ》の力で、勇者キャロラインの剣技をトレースした俺。

ウィニーちゃんの破壊の魔剣による攻撃を受け流しまくる。

「くそくそくそぉおおお！　あたらねえ……どちくしょぉおがぁああああああああああああああ！」

ウィニーちゃんがエネルギーを全開にして、俺に向かって斬撃を放つ。

黒い稲妻を纏った一撃を……しかし俺は剣の腹を使って受け流した。

キャロラインはレイピア使い。

その軽やかなステップと受け流しを使って、どんな攻撃も躱してみせる。

回避からの、鋭い一撃。

それが、彼女の、勇者キャロラインの剣だ。

「ちょこまかと……うぜええんだよぉおおおおおおおおおおお！」

ウィニーちゃんが背中を丸める。

すると……ずずずずう……と彼女の背中から無数の黒い剣が出現した。

「……君は、それまでコピーできるんだね」

「ははははぁ！　どうだぁ！　破壊の魔剣を、複製してみせたぞぉおおお！」

無限贋作複製。

……それは、俺が使える物作りスキルの一つだ。

彼女は俺のその力まで、まねられるのだろう。……悲しいな。

「んだよその顔ぉ……！」

「いや……職人として、そっちにいってほしくなかったなって」

大量生産、大量消費。

今の時代にはそれが合ってるのだろう。

だが……職人として、その考えはもってほしくなかった。

「今からでも遅くない。その考えは捨てなさい」

「うるっせええええ！　おまえに勝てればそれでいいんだよぉおおおおおお！　いけええええ！」

万物破壊の付与された魔剣が、無限に精製されて、俺に襲いかかってくる。

ああ……残念だ。

実に、残念だよ。

「俺と君の道は……違《たが》えたようだ」

俺は、一番使いたくなかった力を発動させる。

「■《ボックス》……全開《フルオープン》」

無数に出現した、破壊の魔剣。

これは勇者の結界を容易にひきさき、外に出ればこの地上を破壊し尽くしてしまうだろう。

そんなことはさせない。

だが万物破壊の宿ってる魔剣に対して、生半可な道具では対抗できない。

だからこそ、神器《じんぎ》なのだ。

無数に出現した黒い■《ボックス》、そこから吐き出されるのは、俺たち八宝斎《はっぽうさい》が作ってきた神器《じんぎ》、その複製。

無数の神器《じんぎ》が■《ボックス》から照射されると、魔剣とぶつかり合って消滅する。

「くそくそくそぉおおおおお！　ヴィルぅうううううううううううううううううううううううううううううう！」

魔剣の嵐が降り注ぐ中、俺は空気の塊を蹴ってウィニーちゃんに接近する。

「ウィニーちゃん……あんたはすごい才能を持っていたよ。ともすれば、すごい職人になれてたかも知れない」

でも、彼女は最後の最後まで、道具を人殺しのためにしか使わなかった。

道具をないがしろにし続けた。

そんな彼女に、職人は向いていない。

「職人失格だ……！」

俺は神鎚《しんつい》を片手に、思い切り振りかぶって……。

「もう一度……ゼロからやり直すがいい！　くらえ！」

俺は肉体改造《フィジカル・ブースト》し、渾身の一撃を……ウィニーちゃんにぶつける。

バゴォオオオオオオオオオオオオオオオオオオオオオオオオオン！

「うぎゃぁあああああああああああああああああああああああ！」

殴り飛ばされたウィニーちゃんは勇者結界をもぶち破り、空の彼方へと飛んでいく。

「ヴィル・クラフトぉおおおおおおおおおおおおおお！　覚えてろよぉおおおおおおおおおおおおおおおおおおお！」

……そして、彼女は星となったのだった。

《ウィニーSide》

負けた……。

負けた！

チクショウちくしょうチクショウちくしょうチクショウちくしょうチクショウちくしょうチクショウちくしょうチクショウちくしょうチクショウちくしょうチクショウちくしょうチクショウちくしょうチクショウちくしょうチクショウちくしょうチクショウちくしょうチクショウちくしょうチクショウちくしょうチクショウちくしょうチクショウちくしょうチクショウちくしょうチクショウちくしょう！

全てにおいて、負けた！

作った道具の性能も！

使い手としての性能でも！

全てにおいて！

ウィニーはヴィルに勝てなかった！

恥を忍んで、ヴィルの模倣までしたというのに！

それでもなお……勝てなかった……！

「覚えてろよヴィル……！　この恨み……ぜったいに忘れない……！　今度こそは！　貴様より優れていると証明してやる……！」

ウィニーは、自分より優れた道具《ヴィル》に向かって呪詛を吐く。

「この恨み、次こそは晴らしてみせる！　七福塵《しちふくじん》の最高傑作《こども》は、このぼくだぁああ！！！！！！」

《ヴィル Side》

ウィニーちゃんをぶっ飛ばした。

殺しちゃいない。とりあえず、ゼロからやり直してもらうため、悪い【気】だけを払った。

悪しき神、付喪神《つくもがみ》たちを元に戻したように……。

超錬成の力を応用し、ウィニーちゃんをぶんなぐって、その体に纏っていた危険な力を消した。

これで悪い心が治ってくれてるといいんだけどなぁ……。

「「「「ヴィル様……！」」」」

キャロライン、ライカ。

ペルシャ、ヨウ。

そして……ポロ。

五人の勇者少女たちが、結界を解いて、俺のもとへと飛んでくる。

全員に抱きつかれて、もみくちゃになる俺。

「すっげーぜ先生！　あんなバケモン一人でぶったおしちまうなんてよおぉ！」

「いやいや……ライカやみんなが結界張ってくれてたおかげで、戦いに集中できたよ。ありがとな」

ライカをはじめとして、みんなが笑みを浮かべる……。

が。

「ヴィル様、このあとどうするのですか？　地上へはどうやって……」

「あ」

「「「「あ？」」」」

「……わりぃ。何も考えてなかった」

「「「「おぃいいいいいい！」」」」

今までは、空気ブロックで足場を作って空に浮いていた。

しかし俺は複製の力を使い……。

しばらく、スキルを使えない状態だ。

やべえ……！

このままじゃ……真っ逆さまに落ちる……！

「ヴィル様！　大丈夫であります！」

「ヨウ……？」

ヨウが、力強い言葉で言う。

「うちとローに任せてください！」

……火の聖剣ファイア・ロー。

ヨウの相棒が、今、その手にある。

そうか、彼女なら……！

「頼む！」

「はい……！　行くよ、ロー！」

ごぉおおお！　と火の聖剣から凄まじい勢いで炎が噴出。

ヨウはローを構えて、矢を放つ。

「今、うちは炎の鳥になる……！　神器解放《リリース》……！　【神鳥炎勇者《ゴッド・バードマン》】！！！！！！！！！！！！！」

吹き出した炎が俺たちを巻き込み、一羽の巨大な鳥へと変化する。

不死鳥。フェニックスとも呼ばれる、伝説の神獣を再現していた。

炎の鳥は俺と勇者たちを乗せて、大空を軽やかに飛行する。

「ふぅう……とりあえず、たすかったぁ〜……」

あのまま大海原のど真ん中に墜落してたら、普通に死んでたわ……。

つぶねー。

「「「おおい！　勇者様がたぁ……！」」」

どこからか声がする。

回転しながら、巨大な亀が飛んできた。

「あれは……護神像《ごじんぞう》！　アールマティです、ヴィル様！」

俺が直した、砂漠エルフたちの守護神。

巨大な石でできた、亀の像。

砂漠エルフたちが俺たちを迎えに来てくれたのだろう。

「おーい、みんなー。全部片付いたぜー！」

俺は火の鳥の上から手を振る。

そして、ヨウの肩を抱いて言う。

「ヨウと！　仲間たちのおかげだぜぇー！」

「「「わぁあああああああああああああああああああ！」」」

砂漠エルフたちの歓声が聞こえてくる。

ヨウは戸惑ったように言う。

「な、なぜ自分とその仲間たちなのでありますか……？　ヴィル様と他の勇者様たちのおかげなのに……」

「いーんや、俺は知ってるぜ？　ウィニーちゃんが空中要塞を爆発させたとき、その破片を全部、ヨウが撃ち落としてたってよぉ」

「！　き、気づいてたのでありますか……？」

「ああ、すげぇ腕だよ。聖剣もないのに、すげぇよ」

被害が最小限にとどまったのと、俺たちを救ったのは……間違いなくヨウだ。

「砂漠エルフの国を救ったのは、ヨウ……おまえだよ。それはあの大歓声を聞けば、わかるだろ？」

「う……うう……うあああああああああああああああああん！」

ヨウは、純粋な砂漠エルフではない。

そのせいで、この国になじめないでいた。

でも……今回のことで、きっとみんな認めてくれるだろう。国を救った勇者のことを……。

ヨウは涙を腕でふいて、晴れやかな笑みを浮かべて言う。

「ありがとうであります！　ヴィル様！」

エピローグ

《七福塵《しちふくじん》 Side》

ヴィルがウィニーを打ち破った様を、悪しき職人、七福塵《しちふくじん》は見ていた。

彼は奇妙な生物の上に乗っていた。

猿の顔、虎の胴体、尾からは蛇が生えている奇妙な生物……。

合成獣《キメラ》とも言うべき、謎の命の上に座っていた。

「くっくっく！　あっはっは！　良い！　すごく良いぜ、八宝斎《はっぽうさい》！」

七福塵《しちふくじん》は片目を閉じて、あぐらをかいて座っている。

閉じているほうのまぶたの下には眼球がない。

自分の目を変形させて、飛行生物に作り替え、使い魔のようにして解き放っていたのだ。

使い魔の見た映像が、七福塵《しちふくじん》の脳内に流れ込んでいる。

聖剣を取り込み暴走したウィニー。

それを破壊したヴィル。

戦いの中で進化し、スキルを創り出したウィニー。

だがそれを凌駕する、英雄再現《トーレサビリティ》を使った、ヴィル。

二人に対する評価はというと……。

「ヴィル！　おまえさんは、本当に最高だ！」

とまあ、七福塵《しちふくじん》はヴィルのほうがすごいと思っているようだった。

「これで八宝斎《はっぽうさい》の完成形へとまた一歩近づいたわけだ……！　くく、くくくく！」

七福塵《しちふくじん》は満足げにうなずく。

「さすが、おれが作った、最高傑作《こども》だなぁ……！」

ヴィル・クラフトは、窮地から国を救ったことで、またひとつ、道具としての格が上がった。

はたして、七福塵《しちふくじん》が作ろうとしている、八宝斎《はっぽうさい》の完成形とは……。

いったいどんな形をしているのか。

それは作り手である七福塵《しちふくじん》ですら、まだわからないのだった。

おまけ　勇者、水着、パラダイス☆

ウィニーちゃんが作った、空中要塞を撃破した。

それから数日が経過したある日のこと。

「きゃはは～！」「まってでありますよぉーう！」

ここは南の国フォティヤトゥヤァ。

その砂浜にて、俺と勇者たちは、夏のバカンスを満喫していた。

「ヴィル様～～！」

ぶんぶんと手を振るのは、新米勇者ポロ。

初めて出会った頃はちっこい犬の獣人だったが、存在進化してすっかり大人のレディに。

胸のサイズはなかなか大きい。

あれじゃあ男は放っておかないなぁ。

「ゔぃ、ヴィル殿ぉ……！　一緒に泳ぎましょうでありますぅう！」

ポロのとなりで手を振っているのは、火の勇者ヨウ・スナイプ・ファイアロー。

狩人の一族に産まれた、半砂漠エルフだ。

今日はよく晴れており、海面はキラキラと輝いてる。

水着姿の俺は、パラソルを立てて、プール用の椅子に腰掛けてる。

「いやぁ……ちょっと休憩する～」

「「りょうかーい……！」」

ふぅ……。

ここんところ、あっち行ったりこっち行ったりで忙しかったからな。

ちょっと休憩だ。

「ヴィル」「先生ー！」「……ヴィルさん」

水の勇者ペルシャ、雷の勇者ライカ、そして氷の勇者キャロラインと、勇者たちが勢揃いである。

ウィニーちゃん戦のとき、各国に散らばってる勇者のみんなに、ここフォティヤトゥヤァへと来てもらっていたのだ。

で、今日はそのお礼も兼ねて、みんなで海に遊びに来たって次第。

さて。夏の海、美少女勇者たちが水着姿になってる……。

みんな……いいな……。

「骨格が……！」

「そこはスタイルが、じゃろうがぁあい！」

銀髪の美女が出現し、ツッコミを入れてきた。

「おお、夜空。その姿では久しぶりだなぁ」

闇の聖剣、夜空。人間の姿だ。

最近はポロの剣としての役割が多く、あんまり人の姿にならないんだよなぁ。

「るーもいるよぉ！」

「おお、ルクス～。おまえも出てきたか」

「でてきたー！」

光の聖剣ルクス。

美女姿の夜空とは対照的に、まだ生まれたばかりということもあって、幼女の姿をしてる。

夜空はビキニ、ルクスはワンピース型の水着を身につけていた。

「おー、二人とも美骨格《ナイスフォルム》」

「完成した道具を見る目で褒められても、微妙に喜びにくいぞ我が創造主よ……」

え？　なんでだろう。

「形を褒めるって、道具からすれば最高の賛辞なんじゃあないのか？」

「女子はフォルムじゃなく、水着姿を褒めてほしいのじゃ。のぅ？」

夜空がニヤニヤしながら言う。

振り向くと、勇者たちがうんうんうんうん、と激しくうなずいてる。

うーん……。

「え、水着姿って、水着を着た姿って意味だろ？　つまり水着を身につけたフォルムを褒めてほしいんじゃあないの？」

「「「そうだけど、そうじゃあない！」」」

ええー……わからん……どうすればいいんだよぉう。

「くくく、創造主は作ること以外はからきしだなぁ」

★

ウィニーちゃんによって、砂漠エルフたちは住処を失っていた。

ミダガハラ火山を活性化させ、この島を焦土へ変えていたのだ。

しかし……。

「……さすがヴィル様です。ハンマーの一振りで、死にかけていた南の島を、元の美しい島へと元どおりにさせるなんてっ」

キャロラインがキラキラした目を向けてくる。

俺のスキル、全修復があれば、火山によって灰になった生命たちも、一瞬で元どおりってわけだ。

「こんなに早く荒れ地を元の島に戻しちまったんだから！　さすがだぜ、先生！」

ライカが、かかかと笑いながら言う。

真っ赤なビキニがとてもよく似合っていた。

キャロラインはライカの大きな胸を見て「むむむ……！」とうなる。

どうしたんだ？

「……ダイナマイト」

「え、どこどこ？」

「……ヴィル様は女体には興味ないとはいえ……この大きさ、侮れぬ……！　ヴィル様の理性を木っ端みじんにしてしまう危険性……大！」

キャロラインからシュォオオ……と冷気が漂ってきた。

なんだなんだ？

一方ライカが、体をねじるような独特のポーズを取る。

胸と尻をつきだして、ぱちんっとウインクする。

うん。

「いつ見ても……ライカのボディラインはいいな」

「あはっ♡　うれしいねえ！」

「見事な骨格美」

「そこ褒められてもねえ……」

キャロライン、そしてライカがそろってしょぼくれていた。

二人ともナイス骨格なのにな。

その後、みんな海遊びに興じる。

彼女らが楽しそうに海辺ではしゃいでるぜ……。

なんかやたらと俺の前で跳びはねてくるんだけど、なんだろう？

形のいいオッパイや、くびれた腰を見せつけてくるのは、なんだろうか……ううん。

「我が創造主よ、本当にぬしは若人なのか？」

俺がこのあとの準備をしてると、夜空が尋ねてくる。

人間の姿をしていても、ナイス、骨格！

しかし……ふむ？

「まあ若者だろ、年齢的に」

「ううむ……ならもうちっとこう……ならぬか？　ムラムラ」

「ムラムラ？　何に？」

「あの子らの胸やら尻やらに」

ぴたっ、と勇者たちが立ち止まり、ずずず……とすり足でこっちにやってくる。

ふむ？　勇者ズの胸や尻？

「あれを見てどう思うよ？　ん？」

ちょっと楽しそうな夜空。

なんなんだ？　まあいい。

アレを見てどう思うかだって……？

「いやぁ、いい形してるなぁって」

「「「！」」」

「いい、曲線美してるなぁって」

「「「しゃあ！」」」

なんかうれしそうに跳びはねる勇者たち。

何かそんなうれしいことあったのかね？

夜空はちょっと考えて、俺に尋ねてくる。

「それは、女体としての評価かの？」

「いや、建造物的な意味での美」

「「「そっちかぁ……！！」」」

がっくり……とみんな落ち込んでいるのだった。

え、え、なに？

それ以外に見るべきとこってあるの……？

すると夜空があきれたようにため息をついて、ぽんと肩を叩く。

「主よ、もうちっと、女体に興味を持つのじゃ。な？」

「いやいや、持ってるって十分。きれいな曲線してるじゃんなぁ？」

「だからそうなんだけど、そうじゃあなくて……」

どういうことなんだよぉ……？

★

夏！　海！　ということで、みんなで砂浜で肉を焼いて食べることにした。

バーベキューってやつだ。ガンコジーさんが生きていた頃は、夏になるとよく家族で肉焼いて食ってたなぁ。

今回は勇者のみんなにもすごい協力してもらったし、労をねぎらうため、ちょいと頑張ってしまったぜ。

「肉焼けたぞぉ」

海で遊んでいた勇者たちに声をかける。

ととと、とポロが真っ先にやってきた。

「準備をお任せしてすみません！」

「いやいや、いいって。今回はポロを含めたみんなへの、お疲れ様会を兼ねてるからね」

「それを言うならヴィル様だってお疲れなんじゃ？」

「全然」

ウィニーちゃんとまあバトルが発生したけど、あんまり、疲れてないんだよね。

「我が創造主はウィニーの作った道具に興奮していたから、アドレナリンどばどばで、疲労を感じておらなかったのじゃろうて」

「あ、夜空の言うとおりかも。いいもん見せてもらってちょー興奮してたしなぁ」

ウィニーちゃん。ほんと良いものを作る職人さんだったなぁ。

あれで、人の役に立つものを作ればよかったのに。

主義主張の食い違いってやつは、職人ならば発生してしかるべきだ。

作り手それぞれに違ったこだわりがあるからね。

まあそれはおいといて。

「ささ、たくさんお食べ」

「わぁ！　わぁ！　なんでしょう、とってもいい香りがいたします！」

なんだなんだ、とペルシャを含めた勇者たちが、焼き台の前へとやってくる。

網の上では串を刺した肉やら野菜やらが焼かれている。

炭の香りの他に、こうばしい香りが漂っている。

「「お、おいしそおぉ」」

ポロとペルシャ、獣人の勇者たちが恍惚とした笑みを浮かべている。

ライカたちも香りをかいで目を剥いていた。

「せ、先生！　なんかかいだことのない、すんげえ美味そうな匂いがするよ！」

「ああ。自家製のタレをかけたんだ」

「お、おお！　早く！　先生早く食べたい！」

「どうぞどうぞ」

ライカが真っ先に串を手に取る。

こういうとき、遠慮しないタイプなんだよなライカって。

ばく！　とライカが豪快に串に刺さった肉を食べると……。

「うんめぇえええええええええええ！」

涙を流しながら、ライカが肉を食べていく。

よかった、お口に合ったようだぜ。

「なんだい先生！　こんな……うめえ肉初めてだよ！　高い肉なのかい⁉」

「いや、普通に商業ギルドとかで安く大量に売ってる肉」

それを■《ボックス》に入れておいたのだ。

「じゃあ、タレがすごいってことかい！　ふぁー！　美味すぎてやばいよ！」

その後も、勇者たちは焼いた肉に、俺秘伝のタレを付けて食べる。

「あはぁあああん♡」

「あはん？」

「んんぅううん♡」

「んんう？」

みんなが恍惚の笑みを浮かべて、びくびくと体を震わせてる。

なんだなんだ。

「どうしたおまえら？」

「はあ……はあ……♡　美味しすぎて……♡　つい……甘い声が……♡」

そ、そういうもんか……？

俺もタレに肉を付けて食ってみる。うん、うまい。これだけじゃん。

「我が創造主よ」

夜空が俺に近づいて言う。

「何度も食っただろうおぬしとちがって、他の勇者たちはこの尋常ならざる美味いタレで食べるのが初めてなのじゃ。味に慣れておらぬから、オーバーリアクションになってしまうのじゃろうて」

たしかに作る段階で何度もタレの味見はしてきたからな。

まあ美味いとは感じるが、それ以上の快感を得ることはない。

なるほど……これを初めて感じると、ああなるのか……。

「やはり我が創造主の作る物は、道具ではなくともすごいのじゃ」

「しゅごいですぅぅ……♡」「天に昇るぅぅ……♡」

まあ作った物褒められるのはうれしいな！

「この艶っぽい雰囲気でミリもたたぬか……ううん」

「たつ？　何言ってんのおまえ？」

「いや、何でもないのじゃ……」

海辺で肉焼いて食っていると、ポロが言う。

「ヴィル様！　お肉……私が焼きますよ！」

「ポロ」

ポロが耳と尻尾を激しく動かしていた。

今日は勇者たちの慰労を兼ねたＢＢＱ……なんだが。ぐぅぅ……。

「ほら、お腹空いてますよね！」

「そうだなぁ。じゃあ任せていいか？」

と言っても肉を網の上に置いて焼くだけだ。

そんなムズカシイ作業ではない。

ほどなくして焼き上がった肉を、ポロがタレを付けて渡してくる。

「おーうめ」

うまうま。タレと肉汁合う～。

「どれ、我もいただこうかな」

「はい、夜空さん……どうぞ！」

「うむ。では……あむあむ……むぅう……」

夜空が急にムズカシイ顔をし出した。

「どした？」

「ううむ……創造主が焼いた肉と、我が使い手の焼いた肉とでは、味が異なる気がしてな」

「えー？　そおう？　おーい、みんなー、意見プリーズ」

勇者たちにポロの焼いた肉を食べてもらう。

なるほど……とみんながうなずく。

「……確かにヴィル様の焼いた肉のほうが数倍おいしいですね」

「ぱく……！　うん……たしかに、私の、なんか……違う……」

キャロラインとポロがうなずき合いながら言う。

んー？　そうかなぁ。

「そこは作り手の差じゃあないのかい？　料理もとどのつまり物作りと同じだろう？」

「「「なるほど……！　さすがヴィル様！」」」

いやいや……ライカがさすがってなるならわかるけど、なんで俺がさすがなの……？

「ヴィル殿は何でもできますなぁ。物作りに、バトル、そして料理。まるで万能の神さまでありますよぉう」

ヨウがもぐもぐと肉を食いながらそう感想をつぶやく。

神さま……そんなたいそうなもんじゃあないんだぜ、俺。

★

バーベキューを終えて、一息ついた。

勇者たちは日焼けを試みたり、海で泳いだりと自由にしてる。

俺がぼんやりと海を見ながら酒を飲んでいると、ヨウがとなりにやってきた。

「ヴィル殿」

「ん？　ヨウ、どうした？」

そんで……頭を下げてきた。

「改めて、感謝いたします」

「どうしたどうした急に？」

「あなた様がご助力してくださらなかったら、砂漠エルフたちの国は、今もなお不幸に巻き込まれていた最中だったと思うのであります」

不幸……。

ウィニーちゃんのせいで、この国は熱波に包まれ、人の立ち入れない土地になっていた。

「うちが未熟なせいで、火の聖剣を奪われ、結果、砂漠エルフたちに多大なる迷惑をかけてしまった……不甲斐ないであります」

「んーー……」

どうやらヨウは、自分のせいで、この国に被害が出たと思ってるらしい。

そして、砂漠エルフに迷惑をかけた……と。

「さっきのさ、肉。あったろ？」

「え、あ……はい。それが？」

「あれな、ヨウ。砂漠エルフたちから、おまえにって、くれたもんだったんだぜ？」

バーベキュー始める前に、砂漠エルフたちが俺のもとへやって来て、差し入れしてくれたのだ。

火の勇者様にって。

「ヨウ。まあたしかにおまえの聖剣が奪われたせいで、色々大変な事態になったのは事実だけどよ。そのあと、砂漠エルフたちを今日まで守ってた事実は、変わらない。それは彼らもわかってたよ。感謝してるんだ」

じゃなきゃ、差し入れなんて持ってこないだろう。

「だからさ、おまえも、あんま砂漠エルフたちに遠慮しなくてイイと思うぜ？　おまえも彼らと同じ種族……仲間なんだし」

ヨウは正確に言えば、半分だけ砂漠エルフだ。

エルフでもなく、砂漠エルフでもない、自分のことを好きになれないって前に言っていた。

事実、エルフたちからは弾かれてしまったらしい。

でも……砂漠エルフたちは、ヨウを受け入れてくれる……と思う。

「はい……ヴィル様……ありがとう、ございます。そうして、みます」

「おう、そうしたほうが良い。みんな仲良くな？」

★

思う存分、海で遊んだぞ！

「てことで、そろそろ俺らは行くよ」

場所はフォティヤトゥヤァの、漁港。

ヨウを除いた勇者の少女たちとともに、俺は旅立とうとしてる。

「ヴィル殿。今回は本当に、ありがとうございました！」

ヨウがしっかり俺の目を見て、お辞儀をする。

前みたいにおどおどしていた感じは、もうなくなっていた。

「うち、これから頑張って、みんなと協力し……この島の平和を、守っていこうと思うであります！」

凄腕狩人に、自信がプラスされたんだ。

多分もう、この島が二度と災禍に見舞われることはないだろう。

俺が出ずとも、島の勇者が、その弓を使って、人々を守るだろうしな。

「そんじゃあな、ヨウ」

「はい！　お元気で！」

こうしてバカンスは終わり、俺は次なる土地へと向かって、旅立っていったのだった。

あとがき

初めましてのかたは、初めまして。ウェブ版や1巻からのかたはこんにちは。作者の茨木野と申します。

本シリーズも2巻目になりました。無事に2巻が出せたのは、応援してくださった皆様のおかげです。本当にありがとうございます。

さて、2巻目のストーリーについて軽く説明します。

世界最高の物作りスキルを手に入れたヴィル。次なる目的地は獣人国ネログーマ。そこは水の勇者が治める国であったが、彼女の持つ聖剣アクア・テールが暴走、国内には異形の化け物と勇者の力で過剰に繁殖した植物による被害が広がっていた。

はたして、ヴィルは水の国を救うことができるのだろうか……といった内容になっております。暗躍する七福麈《しちふくじん》。そして、その子供《さくひん》である新キャラ・ウィニー。彼女とヴィルとの意外な繋がりが判明したり、七福麈《しちふくじん》の作ろうとしている八宝斎《はっぽうさい》の秘密が少し明かされたりします。

尺が余ったので、雑談でも。本作が出版されているころには、新年を迎えているかと思います。二〇二三年は、自分にとって苦難の年でした。ウェブにすごい作者が出現したり、小説家になろうで大幅なジャンル変更があったりと、大きな変化に適応できず、なかなかウェブで結果が出せないでいました（います）。正直、小説を書くのが辛い一年でした。それでも、僕は毎日小説を書くことができました。僕の小説を読み、Xやウェブ上で感想を送ってくださる読者様がいたからです。誰かに読んでもらえるということが、僕にとって一番のモチベになっております。読んでくださる人が一人でもいる限りは、たとえ不調だろうと、小説を書き続けようと思いました。

二〇二四年も、頑張るぞい！

謝辞です。イラストを担当してくださったkodamazon様。今回も素晴らしいイラストをありがとうございます！　ポロちゃんかっこかわいくて最高です！

続いて編集担当の皆様。１巻に引き続き、２巻も素敵な本に仕上げてくださり、ありがとうございます！

そしてなにより、この本を手に取ってくださっている読者の皆様。

出版できたのは、皆様のおかげです！　ありがとうございました！

最後に宣伝です。別の出版者様ですが、「有名VTuberの兄だけど、何故か俺が有名になっていた」というシリーズを出版しております。こちらは現代を舞台としたラブコメとなっておりますが、本作同様主人公が無自覚に無双するみたいな内容となっています。本作が楽しめたかたなら、満足できるかと思います！　こちらも手に取ってくださるとうれしいです！

それでは、また皆様とお会いできる日まで。

二〇二三年一一月某日　茨木野

本書に対するご意見、ご感想をお寄せください。

あて先

〒162-8540 東京都新宿区東五軒町3-28
双葉社　モンスター文庫編集部
「茨木野先生」係／「kodamazon先生」係
もしくは monster@futabasha.co.jp まで

追放《ついほう》された鍛冶師《かじし》はチートスキルで伝説《でんせつ》を作《つく》りまくる ～婚約者《こんやくしゃ》に店《みせ》を追《お》い出《だ》されたけど、気《き》ままにモノ作《つく》っていられる今《いま》の方《ほう》が幸《しあわ》せです～②

2024年１月31日　第１刷発行

著　者　茨木野《いばらきの》

発行者　島野浩二

発行所　株式会社双葉社
〒162-8540　東京都新宿区東五軒町３番28号
［電話］03-5261-4818（営業）　03-5261-4851（編集）
http://www.futabasha.co.jp/（双葉社の書籍・コミック・ムックが買えます）

印刷・製本所　三晃印刷株式会社

［電話］03-5261-4822（製作部）
ISBN 978-4-575-24713-8 C0093